KB062351

로크미디어가
유혹하는
재미있는 세상

ROK
MEDIA
로크미디어

달빛
조각사

달빛 조각사 43

2014년 3월 31일 초판 1쇄 인쇄
2014년 4월 3일 초판 1쇄 발행

지은이 남희성
발행인 이종주

기획 팀 이주현 이재범
책임 편집 이세종

발행처 (주)로크미디어
출판등록 2003년 3월 24일
주소 서울시 용산구 원효로97길 46 5층
Tel (02)3273-5135 **Fax** (02)3273-5134
홈페이지 rokmedia.com **E-mail** rokmedia@empas.com

ⓒ 남희성, 2007

값 8,000원

ISBN 978-89-257-6645-4 (43권)
ISBN 978-89-5857-902-1 04810 (세트)

달빛 조각사 43

남희성 게임 판타지 소설

ROK MEDIA
로크미디어

차례

시간 조각술의 의미

Moonlight The Legendary Sculptor

위드는 시간 조각술 스킬을 중급까지 올리고 나서야 스스로에게 눈곱만큼의 믿음이 생겼다.

"다른 사람 신경을 덜 쓰고 나쁜 짓을 할 수가 있겠군."

시간 조각술이 중급이 되었으니 말 그대로 시간 정지가 가능하다. 세상을 멈출 수 있는 찰나의 조각술을 사용할 수 있게 된 것이다.

이것이야말로 강도에게 칼과 복면을 쥐여 준 셈!

"정말 간절히 원했었지."

예술의 세계는 무한하다. 그렇지만 사람마다 생각은 다를 수 있었다.

조금 더 아름다운 조각품을 만들어서 어떤 감동이 있겠는

가. 위드에게는 양념 통닭을 시켰는데 닭 다리가 아래쪽에 있느냐 위에 있느냐 정도의 차이에 불과했다.

조각술 최후의 비기 퀘스트를 열심히 했던 이유는 순수한 예술혼보다는 흑심에서 비롯되었다.

위드는 이 부분에 대해서 괜히 양심의 가책을 느끼거나 하진 않았다.

"그럼 어디 보자… 시간 조각술 스킬 확인!"

시간 조각술 중급 1(2%)
초급 : 세월의 조각술.
조각품이 자연스럽게 긴 시간을 경험하게 합니다. 때때로 조각품들은 시간이 덧씌워지면서 훌륭한 가치를 갖게 될 것입니다.
또한 아주 긴 세월이 지나더라도 자연적으로 입는 손상에 의하여 파괴되는 것을 막아 줍니다.
중급 : 찰나의 조각술.
세상을 멈추게 합니다.
빛도, 바람도, 사람도.
시간 조각술 앞에 모든 사물이 멈추게 될 것입니다.
그 극도의 아름다움에서 혼자만 움직이려면 많은 체력과 정신력이 소모됩니다.
찰나의 조각술을 펼치기 위해서는 특별한 에너지가 필요합니다. 만물과 사람들을 행복하게 하면 찰나의 에너지를 얻을 수 있습니다.
찰나의 에너지는 많은 이들의 시간을 빼앗을수록 급속하게 소모될 것입니다.
짧은 시간의 연속 사용 등에는 막대한 체력과 마나가 소모됩니다.
고급 : 여행의 조각술.
시간의 흔적을 좇아서 특정한 시점으로 여행할 수 있습니다.

특수한 퀘스트들을 진행할 수 있습니다.
단, 퀘스트와 관계된 것이 아니라 조각사 임의로 과거를 바꾸는 것은 매우
큰 대가를 치르게 될 것입니다.
찰나의 에너지-492

"좋군. 일을 저지를 준비는 확실해."

자연 대작을 만들었던 만큼 시간 조각술이 중급으로 오르고 나서도 2%의 숙련도가 더 쌓였다.

그렇게 원해도 쌓이지 않던 숙련도, 지금은 어떻게 되든 상관없었다.

"찰나의 에너지도 492가 있군. 얼마나 되는 양인지는 잘 모르겠는데. 써 보면 그 가치를 알 수 있겠지."

아르펜 왕국의 국왕으로서, 그리고 퀘스트를 하면서 꾸준히 쌓인 수치였다.

시간 조각술을 익히고 나니 던전 소탕을 하더라도 가끔씩 얻는 경우가 있었다.

위드는 주변을 두리번거렸다.

눈에 보이는 것은 새들뿐!

베르사 대륙을 조각하느라 2달에 달하는 시간을 쓰고 있었다. 작업에 집중을 할 때에는 서윤도 자리를 피해 주었기 때문에 완벽히 혼자였다.

무언가를 만들고 있으면 거기에만 빨려 들어갈 것처럼 정신이 집중되어 버린다.

조각품을 만들면서 생긴 버릇이었는데, 현재는 굳이 조각품뿐만 아니라 대부분의 노가다나 생산 작업에도 몰입이 잘 되었다.

물론 다큐멘터리나 교육 방송을 시청하면 곧바로 잠이 들었다.

"어디 한번, 시험 삼아서 가볍게."

위드는 스킬을 발동시켰다.

"찰나의 조각술!"

−세상을 정지시킵니다.

파앗!

그 순간 거짓말처럼 흐르던 바람이 멎었다.

새들의 울음소리도 그치고, 하늘에 떠 있는 새들은 날개를 펼친 채로 그 자리에 고정되었다.

처음 느낀 것은 완벽한 정적과 고요함.

숨이 막혀 올 것만 같은 침묵이 흘렀다.

−찰나의 에너지가 감소합니다.

토끼 1마리가 풀숲에 숨어 있었다.

호기심이 많은 토끼라, 아마도 위드의 근처까지 다가온 모양이었다.

자연과의 친화력이 높은 위드 근처에는 동물들이 자주 맴

돌곤 했다.

찰나의 조각술로 세상을 멈추고, 또 주변에 무엇이 있는지 살피지 않았다면 토끼가 있는 것도 몰랐을 것이다. 중요한 몬스터가 아니기에 관심을 갖지 않았을 것이기 때문이다.

물론 때때로 가죽과 고기가 필요하면 이것이 비정한 세상이라면서 그대로 잡아 버렸지만.

붉은 눈동자와 뾰족한 귀, 몸을 세운 채 뒷다리로 서 있는 토끼.

"알 수 없군."

위드는 도대체 왜 시간 조각술이 아름다우며, 조각사들이 염원하며 마지막까지 찾아 헤매려고 했던 것인지 의문스러웠다.

찬란한 아름다움의 표현법.

이것은 단지 멈춰 있을 뿐이지 않은가.

죽을 힘을 다해서 산을 올랐더니 이 산이 아닌 것 같은 상황!

"어쨌든 정말로 세상이 멈췄다. 스킬이 순전히 사기는 아니었어."

위드는 실험 삼아서 토끼의 앞으로 걸어 나갔다.

완벽하게 정지된 세상에서 혼자 움직인다.

단지 걸어가고 있는데도 무거운 짐을 온몸에 지고 있는 때와 같이 힘이 들었다.

가벼운 풀을 밟아도 딱딱하게 느껴졌다.

> -체력이 2% 감소합니다.
> 정지된 동안의 움직임으로 시간 차이에 따른 가속이 발동됩니다.
> 현재 속도는 목숨을 위협당하는 사슴의 빠르기입니다.
> 공격력과 방어력에 변화가 발생할 것입니다.

위드는 느긋하게 천천히 걸었는데도 매우 빠르다는 메시지 창이 떴다.

"움직여지는군. 뭔지는 잘 모르겠지만… 시험은 여기까지만 해 봐야지. 스킬 해제!"

> -찰나의 조각술이 해제되었습니다.
> 찰나의 에너지가 16만큼 소모되었습니다.

정지된 세상이 풀리면서 바람이 다시 불고 새들이 계속 날아갔다.

휘에에에엥!

위드가 시간 조각술 속에서 움직였기 때문인지 격한 바람이 불어서 풀숲을 흔들었다.

깜짝 놀란 토끼는 서둘러 달아나 버리고 말았다.

"으흠, 소모가 상당하군."

다른 사람이 없는 장소에서 잠깐 동안 혼자서 써 본 것이었는데도 찰나의 에너지 소모가 제법 많았다.

"별로 한 것도 없는데 너무하는군. 그래도 좋게 생각하자. 기본적으로 스킬을 발동시키기 위해서 소모되는 최소한의 수치도 있었을 거야."

전투 중에는 상대가 멈춘 동안 움직일 수 있으니 상상이 안 될 정도로 큰 도움이 될 수도 있을 것 같았다.

상대방이 막지 못할 공격을 연속으로 펼칠 수 있다.

일점 공격술 같은 것을 치명적인 일격으로 가할 수 있으며, 절대적인 위기에서도 아무 피해도 없이 빠져나올 수 있다.

전투 중에는 매우 큰 장점이지만 또 어느 순간에나 결정적이진 않을 것이다.

일차적으로는 체력의 소모가 심하다. 그리고 다른 사람의 시간을 빼앗을수록 찰나의 에너지는 더 많이 줄어들게 된다.

게다가 찰나의 에너지가 다 소모되고 나면 사용하지도 못할 것이기 때문이다.

"이게 왜 조각술을 위한 예술 스킬인지는 모르겠지만 그럭저럭 나쁘진 않아. 잘 쓰기만 한다면 그나마 전투 중의 효과는 확실하겠지. 아무튼 이놈의 세상은 날로 먹는 게 없다니까."

유병준은 위드의 행동을 지켜보고 있었다.

넓은 베르사 대륙에서는 수많은 사람들이 살아가고 있다.

그들 중에는 짜릿한 모험을 하고 있는 이들도 있을 것이고, 삶과 죽음의 경계선에 선 자들도 많았다.

위드는 10시간, 20시간씩 지독할 정도로 사냥을 하기 때문에 매번 보고 있을 수만은 없다.

그럼에도 유병준이 자주 지켜보는 대상이었고, 조각술 최후의 비기를 사용하는 순간이라면 말할 것도 없었다.

위드가 스킬을 쓰는 순간, 그와 그 주변에 있는 시공간이 흐르지 않고 멈췄다.

완벽하게 고정된 시간.

"으음, 놀라워."

유병준은 태연한 척을 했지만 내심 속으로는 경악을 금치 못했다.

각 직업의 최후의 비기란 사실 유저들이 얻으라고 만들어 놓은 것은 아니다.

비록 특정한 분야에 한정되지만, 유저들이 신의 능력까지도 넘볼 수 있게 되는 불가사의한 힘을 갖게 되는 것이다.

극악의 확률과 무자비한 퀘스트 난이도!

현시점에서 거의 대부분의 직업들이 최후의 비기를 얻을 가능성을 놓쳤다.

로열 로드의 세상이 열렸을 때, 사람들이 많이 선택하는 직업에서 3~4명 정도 도전은 할 수 있으리라고 보았다.

그런데 뜻하지 않게 조각사가 나타나서 최후의 비기를 획득, 스킬 숙련도를 올려서 마침내 발현하고 말았다.

모니터로 영상을 지켜보고 있던 유병준은 가슴이 벅차올랐다.

위드가 해 왔던 고생들이 떠올랐기 때문만은 아니었다. 그가 지금까지 해 온 고생들은 유병준 자신에게는 즐거움이었으며 유희였다.

시간 조각술 중급, 찰나의 조각술이 시전되어 세상이 멈춰진 것을 봤기 때문이다.

"내가 모르고… 있었던 건가? 아름다움이란 주위 어디에나 있음을."

찰나의 조각술이 펼쳐지자 세상은 너무나도 아름다웠다.

형언할 수 없는 세상의 아름다움이 눈에 가득 들어왔다.

낙엽이 떨어지기 직전이었다.

물방울이 파문을 일으키는 순간, 새가 울음을 터트리려고 한다.

토끼가 귀를 쫑긋 세우고 무언가를 의식한다.

풀잎이 제멋대로 바람에 날린다.

일상적으로 벌어지는 수많은 일들 중의 하나.

현재와 미래가 있기에 흘려보내 버리는 수많은 평범한 순간들이 있었다.

시간이 정지되고 시선을 돌리니 주변의 모든 모습들이 아름답다는 것을 느끼게 된다.

뜨겁게 내리쬐는 햇볕이 강물 위로 비친다.

저 먼 곳에 짙은 구름이 낀 하늘에서 빗방울이 몇 방울씩 떨어지는 것도 얼마나 아름다운가.

"시간이 멈추니까 비로소 이 세상이 얼마나 아름다운지 보이는구나."

유병준은 기억 속에서 풀밭에 누워서 책을 읽으며 지냈던 어릴 때를 떠올렸다.

그때도 돌이켜 보면 눈물이 나올 정도로 지극한 아름다움 속에서 살았다.

세상은 아름다운 것이다.

푸른 하늘과, 꽃과 풀, 나무가 자라는 땅, 사람들까지도 아름답다.

세상이 멈춰 있지 않고, 자신의 마음이 여유롭지 못하기에 변화하는 아름다움을 제대로 보지 못했을 뿐이다.

달과 별이 있는 새벽부터 뜨거운 태양의 낮 그리고 다시 저녁까지, 세상은 아름답지 않은 때가 없었다.

"조각사들은 그렇기 때문에… 이 세상에 대한 존중으로 찬란한 아름다움을 시간 조각술이라고 정의하였구나."

조각술 최후의 비기 퀘스트를 진행한 계기가 되었던, 최고의 아름다움을 표현하는 방식에 대한 조각사들의 고민들.

조각사들의 결론은 어쩌면 단순하고도 당연한 점에 있었다.

─조각사들에게 아름다움이란 만들어 낼 수 있는 것이지만, 먼저 그것을 제대로 보고 느낄 수 있어야 한다.

위드가 했던 거창하고, 베르사 대륙의 역사까지 뒤집어엎었던 모험에 비한다면 간단한 결론. 하지만 모든 깨침이란게 그만한 노력과 과정, 희생을 필요로 한다.

진리를 귀로 듣기는 쉽지만, 몸으로 느끼는 건 그냥 되는게 아닌 것이다.

평범한 것들조차도 아름답게 볼 수 있다면, 그 사람은 조각사로서뿐만 아니라 인간으로서도 훌륭해질 것이다.

인생의 깨침까지도 조금은 줄 수 있는 스킬.

자신이 만든 로열 로드였지만 유병준은 이 순간만큼은 진심으로 놀라고 감탄했다.

"실로 어마어마한 기술이다. 감히 값을 매길 수 없을 정도로……."

위드라면 자신보다도 더 큰 감동을 느꼈을 것이라고 생각했다.

옆에서 지켜보는 사람이 아니라 모든 모험의 과정들을 직접 수행하고 시간 조각술 스킬까지도 경험했기 때문이다.

옆에서 보는 것과 직접 경험하는 것은 다르다.

곧 위드가 드러낼 반응에 대해 관심을 가졌다.

"쓸모가 없어. 고생한 게 아깝고 후회될 정도야. 그나마 전투 중에 효과는 있겠지. 아무튼 이놈의 세상은 날로 먹는 게 없다니까."

"커억!"

유병준이 호흡을 하기 힘들 정도로 실망스러운 위드의 감상.

정신적인 충격이 대단했지만 모니터 속의 영상을 계속 뚫어져라 쳐다보았다.

설마하니 이게 전부는 아니리라.

잠시 후에 시간 조각술이 풀렸다.

위드는 아깝다며 도망친 토끼를 끝내 쫓아가서 잡은 후에 굽고 말았다.

"아우, 기껏 스킬 써서 토끼 1마리 건졌네. 시험 삼아 아까운 에너지만 날렸어. 스킬 잘못 쓰면 똥이네, 똥이야."

"이, 이놈은… 원래 이런 놈이었어!"

유병준은 뒷머리를 움켜잡았다.

헤르메스 길드에서는 새로운 검술의 비기를 찾아냈다.

은거하고 있는 파로드라는 노인 검사가 가지고 있는 자연의 검!

중앙 대륙의 역사와 지식을 분석하고, 주민들의 입을 통해서 검술 마스터가 숨어 있는 장소를 알아내어 전투부대를 파견했다.

"대자연의 법칙을 알게 된다면 그 힘을 검에 실을 수 있다. 쿨럭. 그런데 너희는 이 땅을 이롭게 만들지 못할 것 같군. 사람들을 괴롭히는 너희에게는 과분한 힘이다. 돌아가라."

띠링!

-파로드가 당신을 추방합니다.
 만약 계속 그의 눈에 띈다면 적대도가 쌓이게 될 것입니다.

헤르메스 길드의 무력 부대는 파로드가 있는 움막을 에워쌌다.

검술의 비기를 얻게 되면 길드 내의 강자들이 모두 익히게 된다.

그 가치야 어마어마한 것.

자격이 되지 않는다고 해서 포기할 리가 만무한 것이다.

다리우스.

헤르메스 길드의 사냥개로 이름 높은 그가 말했다.

"노인, 좋은 말로 할 때 가르쳐 주시오. 하벤 제국은 이 땅의 통치자로서 자격이 있지 않소."

"됐다. 너희의 악명은 내가 들을 만큼 들었다. 썩 꺼지거라."

"그렇다면 차라리 이야기가 편하겠군. 알려 주지 않는다면……."

"협박은 소용없다. 죽더라도 너희에게는 가르쳐 주지 않으리라."

파로드가 검을 뽑았다.

그는 병색이 완연했지만 검술 마스터로서의 위압감은 충분했다.

그가 검을 든 것만으로도 땅이 울리고 바람이 일어났다.

헤르메스 길드에서는 검사와 기사만이 동원된 것이 아니라 마법사와 사제, 주술사까지 전투부대가 대기하고 있기에 그에게는 위험한 전투가 되리라.

파로드를 찾아올 당시에 인근 마을 주민들로부터 정보도 얻었다.

"이런 마을에서는 볼 수 없는 분 같아요. 약 10년 전이었을까, 크게 다치셔서 우리 마을에 오셨지요."

"건강요? 안 좋아요. 병색이 완연해서 아마 올겨울을 넘기기가 어려우실 것 같아요. 그분이 사실 날도 얼마 남지 않았겠지요."

병든 파로드.

헤르메스 길드의 전투부대는 싸움을 준비하였지만 다리우
스는 그럴 마음이 없었다. 더 편한 방식이 있었던 것이다.

"노인장, 우린 싸우려고 온 게 아니오. 그렇지만 우리에게
검술을 알려 주지 않는다면 죽일 수밖에 없지."

"나 파로드가 목숨을 아까워할 것 같으냐?"

"그렇다면 어쩔 수 없지. 데리고 와라."

다리우스가 뒤쪽으로 손짓을 했다. 그러자 인근 마을 주민
들이 밧줄에 묶인 채로 줄줄이 다가왔다.

"검술을 알려 주지 않으면 어린아이와 여자부터 죽이겠
다."

"이런 비겁한……."

"싫다면 말하시오. 이 아이들부터 목을 쳐 줄 테니까."

다리우스는 악당 역할을 하는 게 재미있었다.

어렵게 친밀도를 올리면서 퀘스트를 진행할 필요가 없다는
사실을 알게 된 이후 협박이나 위협으로도 목적을 달성했다.

> −파로드의 적대도가 최대치가 되었습니다.
> 악명이 796 증가합니다.

상당한 페널티가 있었지만 하벤 제국의 요직에 있는 자신
을 누가 건드릴 수 있을 것인가.

중앙 대륙에서는 살인자의 신분으로도 겁날 게 없었다.

하벤 제국의 기사들과 병사들은 공포심에 젖어 그를 향해 고개를 숙인다. 도시에서 이름을 자랑하기에도 훌륭했다.

"시간이 없군. 검술을 가르쳐 주겠소? 바로 대답하지 않으면 내 말이 농담이 아니란 걸 깨닫게 해 주기 위해서라도 정말로 몇 명의 목을 쳐 드리지."

"더러운 놈들. 너희의 죄악은 결코 용서받지 못할 것이다."

"검술을 가르쳐 줄 거요, 말 거요. 시간이 없다니까?"

"알려 주겠다. 그 대신 주민들의 목숨은 보장해라."

"검술만 배우면 내가 없앨 이유가 없지. 이들도 제국의 주민이니 말이오."

파로드의 굴복!

헤르메스 길드에서는 검술 마스터 파로드의 비기를 습득하게 되었다.

대제국의 황제.

절대자!

바드레이는 자신을 향한 극상의 수식어들이 어색하게 들리지 않았다.

"권력과 금력. 남자로서 추구해 볼 만하군. 그리고 개인이 달성할 수 있는 무의 정점에서도… 나는 끝없이 강해지리라."

바드레이는 기존의 하벤 제국의 왕성이 있던 아렌 성에서 내정을 살펴보았다.

행정 업무는 대부분 라페이에게 맡겨 두었지만 가끔씩은 직접 확인하기도 했다.

번화한 하벤 왕국의 수도였던 아렌 성은 발전도가 매우 높았다.

엄정한 감시

왕성에 부여된 특별한 기능.

원한다면 하벤 제국 소속 관리의 눈과 귀를 빌려서 영토 곳곳의 모습을 직접 눈으로 살필 수도 있었다.

안탈리아 성의 중앙 거리.

"쌉니다. 싸요! 장검을 사세요. 뭐, 이유는 묻지 마시고, 남자라면 어디든 꼭 쓸 일이 있지 않겠습니까요!"

"문양을 떼어 낸 갑옷을 팝니다요. 출처는 말씀드릴 수 없지만 꽤 좋은 겁니다. 제국 병사들이 없을 때만 판매합니다. 어서들 오세요!"

툴렌 왕국의 영토였던 안탈리아 성의 거리에서는 상점 주인들도 하벤 제국에 공공연히 거역하고 있었다.

군대를 통한 정복, 민심이 극도로 악화되어 있기 때문에
벌어지는 일이다.

　　뒷골목으로 가면 상황은 더 안 좋았다.

　　"우리는 앞으로 어떻게 살아가야 하지? 자식들과 올겨울을 넘길
쌀이 없어. 흐흐흑."

　　"저항군에 합류하자. 그곳에 가면 먹을 것과 입을 옷을 준대."

　　"정말? 그럴 리가 없잖아."

　　"쉿. 방법이 있으니 잘 들어. 제국의 보급 물자를 약탈하는 거지."

　　"그런 짓은……."

　　"우리에게 거두어 간 걸 돌려받을 뿐이야. 알고 보니 황제 폐하라
는 작자도 고결한 명예 따위는 모른다는데 우리 같은 놈들이 신경
쓸 게 뭐야?"

　　주민들의 심상치 않은 대화들.

　　바드레이는 화면을 보며 웃음을 지었다.

　　"국왕의 직업 특성이 영향을 주는군."

　　흑기사의 직업 특성.

　　전투적으로는 약점을 찾기 힘들 정도로 매우 훌륭하고, 부
하들에 대한 지휘력도 뛰어나다. 특히 야심이 많은 NPC들
을 쉽게 설득하여 부하로 만들 수 있었다.

　　바드레이는 하벤 왕국 시절부터 기사와 고위 귀족 NPC들

과의 관계를 매끄럽게 했다.

로열 로드의 초창기, 가장 앞서 나가는 유저라고 해도 NPC 기사들보다 훨씬 못하던 시기다.

기사 지망생들은 기사들의 종자로서 활동을 하고, 그들의 신뢰를 얻으면 함께 전장으로 나간다. 당시에는 국왕이나 귀족들이 내리는 퀘스트가 상당히 많아서 기사들과 함께 사냥이나 몬스터 토벌에 나서는 경우가 잦았다.

유능한 기사를 모시면 전투 중에도 확실히 편하다. 또한 지금은 흔한 검술이나 기마술이라고 할지라도 당시에는 희귀했다.

조금이라도 뛰어난 스킬을 얻기 위해서 기사들에게 선물을 바치고 아부를 하는 일도 흔했다.

바드레이는 하벤 왕국 소속의 말칸 백작 가문 휘하에서 기사 수련생 생활을 시작했다. 그리고 얼마 후 비밀 퀘스트가 부여되었다.

"이런 일은 아무에게나 맡길 수가 없는데, 자네라면 믿고 말해 보는 것이네. 고민을 해결해 줄 수 있겠는가?"

"상관없습니다. 저는 백작님을 위해서라면 어떤 일이든 할 수 있습니다."

말칸 백작의 고민거리
하벤 왕국의 전통 있는 귀족 가문의 수장인 말칸 백작에게는 남에게 함부로 발설할 수 없는 비밀이 있다.

친부가 가문의 전대 백작이 아니라 떠돌이 기사라는 점이다.

이 사실을 아는 사람은 이미 죽은 어머니와, 떠돌이 기사인 진짜 아버지뿐.

말캄 백작의 아버지는 전쟁 중에 부상을 당하여 푸른고래 선술집의 단골이 되었다.

누구에게도 발각되지 않도록 그를 몰래 처단하라.

늦은 밤의 뒷골목이라면 적당할 듯하다.

난이도 : E

퀘스트 보상 : 정식 기사 임명. 말캄 가문 검술의 가르침.

퀘스트 제한 : 말캄 백작의 믿음, 약간의 악명, 흑기사 직업은 퀘스트의 발생 가능성을 높였습니다.

주의.

퀘스트를 수행하는 도중에 실패하거나 목격자가 생기면 매우 많은 악명과 부적절한 호칭이 생겨날 것입니다.

기사 수련생으로서 나쁜 호칭은 향후의 평판에 치명적인 악영향을 가져오게 될 것입니다.

"다시 한 번 묻겠네. 내 이 일을 자네에게 맡길 수 있을까? 성공만 한다면 수습 기사 임명은 물론이고 측근으로 중용할 수 있을 텐데. 벌여 놓은 일들은 많은데 믿고 맡길 사람이 너무 부족해."

"걱정하지 않으셔도 됩니다. 백작님을 위하여 수행하겠습니다."

-퀘스트를 수락하셨습니다.

그리고 깔끔하고 완벽하게 퀘스트 성공.

말칸 백작은 바드레이를 정식 기사로 임명하기 위하여 기사 수행을 다녀오라고 했다.

초급 수련장에서 스텟을 얻을 수 있다기에 꾸준히 단련, 몇 명의 동료들과 함께 던전과 사냥터에서 레벨을 올리며 정식 기사 수행을 마쳤다.

그 후부터는 정식 기사가 되어 말칸 백작 가문의 2인자 역할을 하게 되었으며, 그의 기사들을 포섭하여 뜻을 함께하기로 했다.

어느덧 가문 내에서 말칸 백작의 권력은 유명무실하게 되었고, 영문을 알 수 없는 갑작스러운 사망!

사실 그때에도 바드레이에게 연계 퀘스트가 발생했다.

도둑 퇴치의 퀘스트를 성공하고 독약을 입수한 직후였다.

더 이상 필요하지 않은 말칸 백작

가문의 기사들은 이제 모두 나를 따른다. 이 기사들이라면 야망을 이루기 위해 큰 힘이 되겠지.

하지만 말칸 백작은 나를 자신의 하수인 정도로만 여기고 있다. 언젠가 쓸모가 없어지면 사냥개처럼 나를 버릴 수도 있지 않을까?

긍지 높은 기사들을 완벽하게 내 명령에 따라 움직이게 할 수 있으면 좋을 것이다.

필요한 방법이 있다면… 적절한 때에 써 보는 것도 나쁘지 않을 것 같은데.

난이도 : C

퀘스트 보상 : 말칸 백작 가문의 부와 기사단.

백작 가문의 계승자.

정당한 방법도 있을 테지만 바드레이는 굳이 그러고 싶지도 않았다. 성공 가능성이 워낙 높았고, 허점들은 만들어 낼 수 있다.

'요리사를 매수하고, 하녀 몇 명을 포섭하면 될 뿐이다.'

저택의 요리사와 하녀들은 모두 바드레이를 따르고 있었다. 흑기사 고유의 화술 스킬, 쉽게 타인에게 호감을 사는 직업 성향 때문이다.

바드레이는 퀘스트를 수락하고 어렵지 않게 성공시켰다.

그리고 요리사와 하녀들은 암살자 스티어를 통해서 해치웠다.

말칸 가문의 신임 백작!

배신과 배반을 통해서 권력을 추구하며 남들보다 앞서 나간다.

백작으로서 다른 유저들보다 빨리 왕궁을 드나들면서 좋

은 정보와 퀘스트를 얻고 국가 공적치를 쌓았다.

대외적으로는 마법사, 기사, 전사, 워리어 등의 동료들과 던전을 탐험하고 명성을 떨치고, 방송국에 출연하면서 이름을 날렸다.

바드레이는 모든 유저들에게 선망의 대상이 되었다.

'초반에는 걱정도 조금 있었지만 재미가 훨씬 크게 느껴졌지.'

로열 로드가 시작되기 전부터 헤르메스 길드는 대륙 정복을 위한 체계를 갖추고 있었으며, 처음부터 하벤 왕국을 차지할 준비를 진행했다.

라페이가 계획한 준비의 단계에서부터 헤르메스 길드는 내부적으로 역량을 차근차근 다지고 있었다.

충실하게 힘과 명성을 차곡차곡 쌓아 나가는 과정을 진행할 때의 희열은 무엇과도 바꿀 수가 없다.

지나칠 정도로 완벽한 준비. 결국 하벤 왕국은 바드레이와 헤르메스 길드의 손에 떨어졌고, 그 이후부터 지금의 성공까지는 완벽하게 승승장구였다.

흑기사의 특성은 권력을 추구하며, 국왕에 대한 의리나 충성이 아닌 욕망에 따라 움직인다.

결국 자신이 황제가 된 것도 흑기사에게 부여된 운명.

'지금의 나는 모든 것을 가졌으니까. 조금의 여유를 만끽해도 될 터.'

바드레이는 미소를 지었다.

베르사 대륙에서 절대적인 권력과 군사력, 경제력을 보유하고 있다.

현실에서도 천문학적인 부가 생겼다.

로열 로드를 통해서 앞으로 얻을 수 있는 재력은 더욱 막강한 힘을 발휘하게 해 줄 것이다.

원하는 것이라면 무엇이든 얻을 수 있게 되었으니 이 기분을 조금 더 느긋하게 즐기고 싶었다.

테네이돈의 부름

"으후후훗."

위드는 망토를 휘날리면서 하르셀 산악 지역의 어느 높은 봉우리에 서 있었다.

그가 서 있는 장소에서 보이는 보석 같은 설경과 구름의 바다.

"멋지군. 나와 어울리는 장소야."

시간 조각술을 중급까지 터득했으니 본격적으로 강해지기 위해 잡기 힘든 몬스터들에 도전을 할 때가 되었다.

조각사로서 회의가 들었던 순간들을 다 합치면 집 한 채도 너끈히 지었으리라. 어쨌거나 지금은 조각술 최후의 비기까지 익혀 놓고 실전에서도 쓸 수 있게 되었으니 조각사로서 궁극의 경지에 올랐다고 할 수 있다.

위드가 하르셀 산악 지역에 온 것은 전설의 설인을 잡기 위해서였다.

다크 게이머 연합의 정보 게시판을 본 것이다.

탐험자 레인입니다. 하르셀 산악 지역의 깊은 곳에 왔습니다.

이곳에서는 전설의 설인들이 희귀한 확률로 출현합니다. 이들을 사냥하면 얼음의 정화라는 마법 재료 아이템을 얻을 수 있습니다.

얼음 마법 개발에도 쓰는 재료로, 구하려는 마법사가 많아 팔려고 하면 거의 부르는 게 값이죠. 그리고 이건 조각 재료라고도 하는데……

전설의 설인을 잠깐 상대해 본 경험에 따르면 구하기는 어렵습니다. 다만 구성이 잘된 레벨 470대 중반으로 이루어진 8명 정도의 파티라면 위험하지만 가능할 것도 같습니다.

마법사와 사제 그리고 워리어는 필수겠죠.

"사막을 기준으로 한다면 설인의 레벨이 500 정도라는 건데. 냉기를 뿜어내는 광역 공격이 문제로군. 시간 조각술이 있으니 도전을 해 봄 직해. 첫 실전으로는 과하더라도 일단 시도해 보자."

사냥도 하고 돈도 모으기 위한 방문.

하르셀 산악 지역에는 위드가 사냥을 하기 적당한 고급 몬

스터들이 상당히 많았고, 또 산사태라도 일어나면 새로운 던
전의 입구가 곧잘 나타난다.

물론 들어가게 되면 입구가 막혀 버려서 반드시 뚫어야만
했지만 그런 경험은 많았다. 사막의 대제 시절에는 상상하기
힘든 고난이도의 던전들을 경험하면서 퇴로가 막히는 건 뼈
저리게 겪어 보았으니까.

최고 레벨 수준의 몬스터들을 다수 잡아 보았던 경험이,
지금은 약해진 위드라 해도 아주 크게 도움이 되었다. 몬스
터의 외모와 특성을 고려하면, 상대할 약점이나 공격 방법
등이 본능처럼 잘 떠올랐던 것이다.

위드는 부하들을 데리고 얼음 사이에 나 있는 틈으로 들어
갔다.

보석처럼 빛나는 얼음 던전.

던전, 동쪽 틈새 최초 발견자가 되셨습니다.

하르셀 산악 지역의 동쪽에 위치한 던전입니다.
산의 균열로 생성된 던전으로 무언가 알 수 없는 힘에 이끌린 마물들이 숨
어 있습니다.
이 작은 틈새가 이어진 던전은 산악 지역의 지형이 크게 바뀌기라도 한다
면 완전히 닫혀 버릴 수 있습니다. 물론 그때 그 안에 있는 이들의 운명은
굳이 이야기하지 않아도 되겠지요.

혜택 : 명성 2,330 증가.
일주일간 경험치, 아이템 드롭률 2배.
첫 번째 사냥에서 해당 몬스터에게 나올 수 있는 것 중에 가장 좋은
물건 아이템이 떨어집니다.

후이이이이이잉!

매서운 바람이 불었고, 천장에 거꾸로 매달린 얼음 기둥에서는 물방울이 떨어졌다.

하르셀 산악 지역에서도 설원 부근에만 생성되는 고급 던전이었다.

얼음 바닥은 무심코 걸으면 수십 미터는 그냥 미끄러질 정도였으며, 추위가 심해서 냉기가 뼛속까지 파고든다.

위드는 방한 장비들을 미리 챙겨 왔고, 재봉과 대장장이 스킬로 즉석에서 가공을 할 수 있으니 걱정 없었다.

"누렁아."

"음머어어어."

"걸음걸음마다 주의해라. 우리로는 조금 버거울 수도 있으니까 위험하다 싶으면 너라도 도망쳐."

"걱정해 줘서 고맙다, 주인."

"생고기와 냉동육은 가격 차이가 많이 나니까 조심해야지."

"음머어어어어어어어."

때때로는 광부 스킬 덕분에 유별나게 반짝이는 이상한 장소를 발견하면 곡괭이질을 해서도 얼음석이라는 광물을 채취했다.

드라이아이스처럼 한기를 내뿜는 광물로, 2등급 마법 재료.

보석처럼 비싼 광물은 아니지만 특수한 지형에만 있기 때

달빛
조각사

문에 실제로는 원하는 사람이 나타나면 웃돈을 받고 팔 수 있었다.

"사냥터가 집처럼 편하군."

던전의 마물들은 위드가 예상했던 레벨 400대 후반 수준으로 무난하게 사냥할 수 있을 정도였다.

서윤과 프레야 교단의 사제 2명, 그 외에 조각 생명체들을 필요에 따라서 불렀다.

바하모르그, 켈베로스, 하이 엘프 엘틴, 게르니카, 세빌을 비롯하여 상황에 따라서 부를 만한 조각 생명체들은 아주 많았다.

"골골골, 이러다가 과로로 죽을 것 같다."

"음머어어어, 짐이 너무 무겁다. 모라타에 가서 새끼를 낳고 싶다."

화염 마법과 궁술에 특기를 가진 금인이와 짐꾼으로 데리고 다니는 누렁이는 언제든 끼어 있었다.

"쿠워어어어어어어어어어!"

그리고 거친 바람을 일으키며 하늘을 날아다니는 빙룡!

하르셀 산악 지역은 추운 지대에 위치해서 빙룡이 자신의 본신 능력을 마음껏 발휘했다.

"으겔겔겔겔."

프레야 교단의 가호가 끝나고 나서 모라타를 중심으로 몬스터 집단들을 상대하던 블랙 이무기도 오랜만에 소환되었다.

그 둘은 가공할 위력으로 산악 지역에 돌아다니는 몬스터들을 제압했다. 드래곤 피어만 발휘하더라도 일반 몬스터들은 겁에 질려서 꿈쩍도 못하다가 좋은 먹잇감이 되었다.

물론 하르셀 산악 지역의 지배자, 룬그레고라는 얼음 괴물이 있는 장소에는 근처에도 가지 못했다.

다른 고위급 몬스터들이 즐비한 지역으로도 가지 않았지만 만만한 장소에서는 왕처럼 행세하는 빙룡!

또한 야비한 성격으로 빙룡이 먼저 앞장을 서더라도 최후는 꼭 자신이 장식하려고 하는 블랙 이무기!

"쿠워어어어어어!"

"시끄러!"

"크와아아앙!"

"맞을래? 요즘 며칠 안 맞았더니 비가 와도 쑤시는 곳이 없고, 아침에 일어나도 개운하지?"

빙룡이 커다란 눈동자를 굴리더니 다른 곳으로 머리를 돌렸다.

마음 같아서는 확 위드를 향해 브레스라도 내뿜고 싶었지만 그러자니 미운 정이 잔뜩 들어 있었다.

빙룡의 레벨도 520을 넘어서 웬만한 지역은 혼자서도 제패하는 위엄을 발산했다. 특히 하늘을 날면서 브레스로 약한 몬스터를 대량 살상하는 순간만큼은 전율적이라고 할 수 있었다.

위드의 사냥을 초보나 평범한 유저들이 봤다면 경악을 금치 못하였을 것이다.

사막의 대제왕 시절에는 퀘스트 덕분에 그러려니 했지만, 지금은 위드 본신의 능력, 특히 잔머리를 총동원하고 있었으며 조각 생명체들도 실력을 마음껏 발휘했다.

"와이번들이 몬스터 얼마나 몰아왔는지 확인해 봐."

"알겠다, 주인."

"놀고 있으면 몰래 보고 와서 일러. 너만 맛있는 거 줄게."

"잘 살펴보고 오겠다."

빙룡과 와이번들은 하르셀 산악 지역을 바쁘게 돌아다녔다.

던전이 아닌 장소에서의 사냥 방식은 조각 생명체들을 노예처럼 다양하게 부리면서 이루어진다.

빙룡과 와이번들이 하늘에서 위협하면 어지간한 몬스터들은 도망을 치기 마련이다. 그들을 위드가 있는 위치로 몰아오면 산악 지역의 절벽과 계곡 지형을 이용하여 궁술로 쉽게 사냥했다.

"명확한 속사!"

파라라라락!

하이 엘프의 활을 들고 있는 위드의 손에서 빠르게 화살이 날아갔다.

"쿠엑!"

"구에에엑, 인간이다."

"비겁한 인간의 손에……."

"훗, 가뿐하군. 역시 나의 능력이란……. 빙룡, 와이번들, 뭐 하고 있어? 몬스터가 중간에 끊겼잖아. 고깃집에서 고기가 끊기는 것만큼 불쾌하군. 어서 더 데려와라!"

예전에는 다양하게 스텟과 스킬 숙련도를 높이려고 굳이 레벨도 빨리 올리지 않고 전투를 하며 몸을 한계까지 혹사시키는 일을 서슴지 않았다. 하지만 레벨이 많이 떨어진 지금은 그럴 필요성을 못 느꼈다.

조각술의 비기를 전부 모았으며, 생산과 일반 스킬들의 총합은 잡캐의 신으로 등극할 수 있을 정도였다.

레벨이 빨리 높아진다고 하더라도 원한다면 조각 부활술이나 생명 부여를 해서 팍팍 깎이게 될 테니 스킬 숙련도는 높이려고 애써 노력하지 않아도 되었다.

"조각사는 레벨을 마음대로 조절할 수 있군. 물론 낮은 쪽으로만 말이야."

물론 위드가 가지고 있는 전투 스킬들만 고려하더라도 다른 유저들보다 수준에서 뒤처지는 건 아니다.

대부분의 검사들은 파티에서 공격 위주로 싸움을 한다. 스톤 스킨과 같은 방어 스킬 등까지 골고루 성장시킨 사람은 거의 없었다.

"누렁아."

"음머어어어."

"짐 들고 서 있기 힘들지?"

누렁이는 고개를 세차게 흔들었다.

그의 등에 산더미처럼 실려 있는 온갖 잡템들.

도시에 가서 팔면 비싸게 팔 수 있는 물품들이 무겁게 실려 있었다.

그렇다고 정직하게 대답을 하면 위드가 밥값을 못한다고 구박을 할지 모르니 고개를 저었다.

"조금도 힘들지 않다, 주인."

"무거우면 좀 쉬게 해 주려고 했는데……."

"음머어어어. 무겁다, 주인. 허리가 끊어질 것 같다."

서윤이 딱하다는 눈빛을 누렁이에게 보냈다.

'바보.'

그렇게 겪어 보고도 위드에게 어떤 고난을 겪으려고 저런 말을 한단 말인가.

누렁이는 순박한 큰 눈을 끔뻑이고 있었다.

"그래. 그러면 쉬어야지."

위드는 직접 누렁이가 짊어지고 있는 짐들을 땅바닥에 내렸다.

"비싸고 귀한 물건이지만 누렁이 너만큼 중요하진 않단다."

"음머어어어."

누렁이는 감격했다. 이런 맛에 주인을 따라다니는 거였다. 비록 부려 먹으려는 의도였겠지만 생명을 주고, 먹여 주고, 재워 주기까지 하는 주인이었다.

이럴 때일수록 깊은 정이 느껴졌다.

위드는 활을 든 채로 한동안 능선을 내려다보았다.

"누렁아, 그냥 쉬면 심심하니까 간단한 놀이나 하면서 쉴래?"

"음머?"

"안 하겠다면 안 해도 되는데. 뭐, 그냥 서 있기도 심심하다면 말이야."

누렁이가 경계를 시작했다.

"힘든 일인가?"

"하나도 안 힘들어. 그냥 가만히 있는 것과 별 차이도 없을 거야."

"하겠다, 주인."

"그럼 배고플 텐데 식사부터 하자."

위드는 배낭에서 몇 가지 요리 도구를 꺼내서 음식을 만들었다. 달콤한 향이 솔솔 나는 약초 스튜!

"남기지 말고 먹어."

"정말 주는 건가?"

"널 위해서 만든 요리야."

혀로 조심스럽게 맛보니 천국의 음식이었다.

그리고 식사를 다 마친 직후.

"와일아!"

위드는 와이번 중의 첫째를 불러서 누렁이를 붙잡도록 지시했다.

"얘 미끼로 써서 몬스터 끌어와."

"꾸에에엑!"

향긋한 냄새가 풀풀 나는 누렁이까지 미끼로 동원!

와이번들을 무시할 수 있을 정도로 강한 몬스터들, 혹은 유인에 휘말리지 않을 정도로 지성이 있는 몬스터들을 데려오기 위함이었다.

하르셀 산악 지역은 높이 때문에 궁술을 이용하여 사냥을 할 만한 장소들이 많다. 레인저들이 괜히 산과 숲을 좋아하는 게 아니었다.

그러한 특성에다가 얼음으로 뒤덮인 지형의 특성상 구석으로 몰아 놓고 입구를 무너뜨리기만 하면 영락없이 몇백 마리라도 일망타진을 할 수가 있었다.

즉, 광렙을 하기에 적절한 장소라는 뜻!

누렁이의 힘과 체력만 이용해 먹는 게 아니라 탐스러운 육질까지도 남김없이 활용하겠다는 방침.

물론 감당할 수 없을 정도로 위험한 순간이 오면 언제든 찰나의 조각술을 쓸 작정이었다.

"사냥에서는 아주 확실한 안전보장이 되겠군."

시간 조각술을 익히기 전에는 몬스터들의 위협을 신중하게 평가해야 했다. 자신뿐만 아니라 조각 생명체들까지 전부 몰살을 당하고 나면 입게 되는 피해가 너무 큰 것.

아르펜 왕국에 위기가 생기면 일반 유저들이 도와주지만, 위드 자신이 활용할 수 있는 전력은 괴멸해 버리고 만다.

그렇지만 웬만한 위기는 거뜬히 넘겨 버리는 워리어 바하모르그에 제몫을 해낼 정도로 성장한 조각 생명체들. 위드 자신의 능력과 부대를 지휘해 온 경험에 시간 조각술까지 받쳐 주다 보니 위험도를 크게 낮출 수 있었다.

"몽땅 데려와라! 크하하하!"

하르셀 산악 지역에서는 황소 1마리가 둥둥 떠다녔다.

"꾸어?"

하급, 중급 몬스터들은 물론이고 희귀한 전설의 설인까지도 낚였다.

누렁이가 이동하는 방향으로 따라오는 몬스터의 무리.

그 뒤에서는 커다란 눈사람의 형태를 하고 있는 전설의 설인이 달려오고 있었다.

일반 몬스터들은 위드가 계속 화살로 잡아냈지만, 전설의 설인에게는 그런 단순한 방식이 통하지 않았다.

설인의 주변으로는 반경 30미터에 달하는 눈보라가 치면서 화살은 거의 무력화되어 버렸다.

다크 게이머 연합의 탐험자 레인도 전설의 설인을 보면서 어떻게 사냥을 해야 할지 고민에 잠겼을 것이다.

기본적인 상식이 있다면 추위를 막아 주는 아이템들로 몸을 전부 무장한 채로 산악 지역의 좁은 지형으로 유도해서 화살과 마법으로 잡는 방법을 택했을 것이다.

"나름 이 동네의 보스급이라는 건가. 시간은 돈. 만나기도 힘든 녀석을 원하는 장소까지 끌어들여서 처리하자면 효율이 너무 떨어지게 돼. 적자가 날 수도 있지."

위드의 눈이 차갑게 빛났다.

"얘들아, 협공이다!"

추위에 약한 와이번들은 공중에서 빠르게 이동하면서 시선을 끌었다.

그사이에 빙룡이 과감하게 땅에까지 내려와서 전설의 설인에게 박치기를 하고 꼬리를 휘둘렀다.

블랙 이무기가 화염을 뿜어내고, 금인이가 불화살을 쏘는 사이에 위드와 서윤이 앞뒤로 공격했다.

전설의 설인은 자신의 주변으로 극심한 한기를 내뿜기 때문에 감히 근접전을 시도하기가 어렵다.

그렇지만 외관상으로 볼 때에는 갑옷 등을 착용하고 있지 않기 때문에 오히려 맷집이 가장 큰 약점으로 보였다.

슬로어의 결혼반지 덕분에 생명력을 공유해서 서로를 보조하며 위드와 서윤이 함께 싸우는 작전.

"후비쉬!"

전설의 설인에 의해 얼음 벼락이 생성되더니 위드를 강타했다.

"킥!"

―강대한 타격으로 생명력이 29,203 줄어들었습니다.

―몸이 결빙됩니다.
　몸이 마비되어 방어 능력을 일시적으로 63%까지 상실합니다.
　지금 공격받는다면 평소의 7배에 달하는 생명력이 줄어들 것입니다.

"뭐야, 이건… 정보보다 훨씬 강하잖아!"

탐험자 레인이 굳이 거짓말까지 하진 않았을 것이다.

아무래도 전설의 설인이 가진 얼음 벼락이 특별히 강한 기술일 것이다. 하르셀 산악 지역에서는 얼음 속성의 특성까지 더해져서 위력이 더해졌으리라 생각되었다.

그러나 위드가 착용하고 있는 갑옷도 평범한 것은 아니었다.

―여신의 기사 갑옷에 깃들인 불과 화로의 신 헤스티아가 결빙 상태를 해소해 주었습니다.
　이상 상태가 해제되었습니다.

그사이에 금인이와 누렁이 그리고 빙룡, 바하모르그의 공격까지도 무시하고 전설의 설인은 서윤을 향하여 맹공격을 퍼붓고 있었다.

서윤도 물러나면 될 텐데, 위드가 쓰러져서 위험하다고 생각했는지 검을 휘두르며 전설의 설인과 정면으로 맞붙었다.

-운명의 짐을 나누어 지고 있는 반려자가 위기에 빠졌습니다.
생명력을 7,548만큼 전달합니다.

위드가 줄 수 있는 생명력이라고 해 봐야 얼마 되지 않았다.

전설의 설인이 가까이 붙어 있는 탓에 서윤의 몸은 마비되었고 저항력까지 급속하게 줄어들고 있다. 잠깐만 지체한다면 그녀는 생명력이 감소하거나 온몸이 얼어서 목숨을 잃어버리게 될 것이다.

서윤이 약한 것은 아니었지만 광전사의 상태에 접어들지는 못했다.

전설의 설인이 내뿜는 극한의 냉기를 해소해 줄 사제도 옆에 없었다.

"약간 위험한데… 에라, 모르겠다!"

위드는 스킬을 시전했다.

"찰나의 조각술!"

시간 정지!

스킬이 발동되는 순간 거짓말처럼 다시 한 번 세상의 흐름이 멎었다.

내리는 눈발도, 전설의 설인이 내뿜는 한기도 그대로 멈췄다.

하르셀 산악 지역은 신비롭고 매력이 넘치는 장소였다.

위드의 경험상 금역이나, 인간이 쉽게 살기 힘든 극악의 자연환경일수록 환상적인 경치를 감춰 놓고 있었다.

새하얀 눈과 얼음덩어리. 흩날리는 눈송이까지도 세상과 함께 멈추어진 가운데 햇빛을 받으며 떠 있다.

위드는 그 아름다움을 감상할 여유도 없이 움직였다.

눈보라를 뚫고 들어가며 설인을 검으로 베었다.

"달빛 조각 검술!"

시간 조각술을 써서 세상을 멈추는 동안에는 몸을 움직이는 자체가 체력에 무리였다. 스킬은 기본적인 것밖에는 쓰지 못한다.

그렇기에 기본적이고 익숙한 것을 사용했다.

위드의 검에서 빛이 뿜어져 나오면서 전설의 설인에게 일곱 번의 타격을 가했다.

−치명적인 일격!
상상을 초월하는 속도로 검을 휘둘렀습니다.
한계를 넘어선 충격량으로 인하여 검의 내구도가 43% 감소합니다.

"쿠에에에엑!"

키가 4미터가 넘는 전설의 설인이 그대로 빙벽에 깊숙이 틀어박혔다.

우르르릉!

산봉우리가 흔들리고 지진이라도 일어난 것처럼 땅이 울렸다.

−전설의 설인이 혼란 상태에 빠졌습니다.
불가사의한 공격에 겁에 질립니다.
투지와 적대도가 높은 전설의 설인이 겁에 질린 것은 처음 있는 일입니다.

"훗."

위드의 자신만만한 미소.

"역시 나란 남자는."

−찰나의 에너지가 47 감소했습니다.

−체력이 21% 줄어듭니다.
온몸의 힘을 끌어 써서 앞으로 16초 동안 기진맥진한 상태에 빠집니다.
신체 능력의 한계를 넘어선 활동으로 힘과 민첩이 잠시 동안 6% 하락합니다.

"우억!"

워낙 급했기에 한순간에 남아 있는 체력의 절반 정도를 써 버릴 정도로 무식하게 소모해 버리고 말았다.

보통 전사의 직업이 아니더라도 체력은 전쟁이 아닌 이상 크게 걱정하며 싸우진 않는다. 사냥을 하면서 체력이 다 떨어질 정도가 되는 경우는 아주 드물었기 때문이다.

'앞으로는 체력 관리까지 철저히 잘해야 되겠군. 시간 조각술은 유용하긴 한데, 모든 스텟들을 다 쥐어짜 내서 써야겠어. 조각 파괴술과의 조합도 필요하겠군.'

위드는 어쩌면 체력의 저하로 과로를 다시 경험할 수 있다는 걱정마저도 들었다.

"골골골골. 대단하다, 주인!"

"음머어어어어, 용맹하다."

조각 생명체들의 칭찬.

찰나의 에너지는 아까웠지만, 위드는 때를 놓치지 않았다.

"애들아, 덮쳐!"

집단 사냥이야말로 밟을 때 잘 밟아야 하는 법!

와이번들과 빙룡은 시선을 끄는 한편으로는 틈이 날 때마다 하늘에서 집요하게 공격해서 끝까지 제 역할을 다했다.

싸움을 싫어하는 누렁이가 몸으로 돌진하고, 승기를 확신한 블랙 이무기가 적극적으로 싸워서 전투의 승리를 거두었다.

―전설의 설인을 사냥했습니다.

　전투의 성과로 인해 힘이 1 증가합니다.

　인내가 2 증가했습니다.

-명성이 267 증가합니다.

-하르셀 산악 지역의 개척도가 0.2% 증가합니다.
개척도가 100%가 되면 적응력이 증가하여, 지역의 몬스터들을 상대할
때 방어력과 저항력이 올라갑니다.
개척도는 던전 탐험을 통해서도 늘릴 수 있습니다.

뭐든 첫 사냥이 어려운 법.

그 이후로는 지형을 이용하거나 조각 생명체들의 조합을 적극적으로 활용하여 전설의 설인을 더욱 쉽게 해치웠다.

전설의 설인은 거주 지역에서 멀리 벗어나게 되면 일단 자신의 굴로 돌아가려고 애쓴다.

의외로 고소공포증이 있어서, 높은 절벽가에서 싸우면 무서워하며 제 실력도 발휘하지 못했다.

장기간의 싸움에도 취약한 모습을 보였는데, 생명력이 떨어지면 회복하는 속도가 느리다는 약점도 알게 되었다.

그렇지만 몬스터의 일반적인 레벨에 비해서는 압도적으로 위험하고 강한 몬스터였다. 몇십 미터나 되는 얼음덩어리를 생성하여 무시무시한 속도로 던질 수도 있었으며, 위험에 빠지면 두더지처럼 눈 속으로 파고들어 숨어 버렸기 때문이다.

"다크 게이머 연합에서 본 정보와는 조금 다른데. 특성과 공격 기술 때문에 최소한 두 등급 정도는 높은 몬스터야. 뭐, 그렇더라도 대처법을 알고 있다면 사냥해 볼 만하겠지만."

본인이 모험을 하더라도 모든 것을 완벽하게 알 수 있는 건 아니라서, 정보 글에도 어느 정도의 오차는 감안을 해 두어야 했다. 이후에 다른 유저들이 자신의 경험 등을 추가로 등록하여 정보를 더 확실하게 할 수 있다.

"난 그냥 내버려 둬야지. 누군가는 또 당하게 될 테니까!"

이렇게 반복되는 악순환!

위드는 하르셀 산악 지역을 돌면서 전설의 설인을 17마리 사냥했다.

다른 몬스터들도 빠짐없이 쓸어버리면서 레벨도 무려 6개나 높아졌다.

전설의 설인처럼 까다롭고 독특한 특성을 가진 몬스터들은 추가 경험치를 주었다.

산사태와 우연한 발견으로 찾아낸 던전들에서는 대부분 최초 입장에 따른 경험치 2배의 혜택을 톡톡히 입었다.

429에서 435까지 레벨을 올린 속도로 따진다면 전무후무할 정도로 빨랐다.

시간 조각술이 있기 때문에 예전이었다면 피하거나, 까다롭게 상대했어야 할 위험한 몬스터들에게 거침없이 덤벼들 수 있었기 때문이다.

그러나 위드는 여전히 배가 고팠다.

"다른 놈들을 생각해야 돼. 두 다리를 뻗고 잘 정도는 못 돼."

베르사 대륙에서 가장 강한 존재로 바드레이가 있는 이상 아무리 레벨을 올리더라도 만족감을 느낄 수는 없으리라.

전투 중에 찰나의 에너지가 계속 소모되었으니 사냥도 한층 조심스러워져야 했다. 아르펜 왕국의 국왕, 모험으로 눈곱만큼 쌓이는 찰나의 에너지가 스킬을 사용하면 확연히 줄어들어 버렸던 것이다.

레벨이 올라가는 동안 위험할 때마다 시간 조각술을 쓰다 보니 남아 있는 찰나의 에너지는 고작 163.

상황에 따라서 시간 조각술을 길게 사용한다거나 많은 거리를 움직이면 전투에서 승리하더라도 남는 게 없는 기분을 느낄 정도였다.

그렇더라도 목숨을 잃는 것보다는 훨씬 나았지만 지속성만 놓고 본다면 씁쓸했다.

느긋하게 자주 써먹지 못하고 아찔한 순간들에만 찔끔찔끔 활용할 수 있을 뿐이었다.

"마치 빨리 도착하는 택시를 타는 기분이군. 기본요금만 해도 밥이 한 끼잖아."

위드는 그래도 시간 조각술의 활용에 많이 익숙해질 수 있었다.

"이건 확실히 전투 스킬이야. 예술 따위와는 별로 관계가 없는 게 틀림없어. 덕분에 이득을 보고 있지만 조각사들이 완전히 헛다리를 짚었군."

하르셀 산악 지역에서의 사냥을 조심스럽게 계속하고 있는 위드와 서윤.

그들은 산봉우리에 있는 작은 화산 호수를 발견했다.

오래전 화산활동으로 형성된 분화구에 맑고 깨끗한 물이 들어서고 풀과 나무가 자란 천국과도 같은 장소.

띠링!

-하르셀의 낙원을 발견하셨습니다.
숨겨진 비밀스러운 경치를 찾아내어 명성이 1,380 증가합니다.
이 발견물을 귀족과 왕족에게 보고한다면 보상을 얻을 수 있을 것입니다.

위드는 바로 실망했다.

"음, 사냥터는 아니로군."

그러나 반성했다.

"나는 아직 어리석구나. 이런 장소야말로 숨겨진 비경. 쓸 만한 약초들이 잔뜩 있을 수 있지 않겠는가."

즉시 수색에 나서서 비싼 가격에 거래되는 정력 증가용 노란 약초와 생명력 회복에 쓸모가 있는 붉은 약초를 대량으로 주웠다.

"감정!"

하르셀의 노란 약초 : 소모용 아이템. 제대로 자란 상등품.
정력 증강에 유용한 약초.

약초학의 지식으로 판단해 볼 때, 이 약초라면 노인이라고 할지라도 절륜한 체력을 자랑할 수 있을 것 같다.
황금보다도 비싼 무게에 판매될 수 있을 듯.

하르셀의 붉은 약초 : 소모용 아이템. 거래된 적이 없어서 가격 환산 불가능.
상처 치료에 커다란 도움이 되는 약초.
부상 부위에 바르거나 즙을 짜내서 마실 수 있다.
최대 생명력 증가의 혜택까지 있음.

"대박이로구나!"

10년 이상 자란 약초들은 극히 희귀했다.

던전 깊숙한 곳에나 숨겨진 그런 약초들도 가격을 환산하기 힘들 정도인데 이런 양질의 땅에서 무럭무럭 자란 약초들.

크기부터 몇 배나 되었다.

어떤 인간도 찾아오지 못한 장소에 왔더니 그야말로 횡재를 한 셈!

"후후후, 노란 약초는 시장에서 바가지를 씌워서 몽땅 팔아야… 아니, 잠깐만. 언젠가 찾아올 나중을 위해서 조금은 남겨 두어야 할까."

위드는 물에 발을 담그고 있는 서윤을 보며 생각했다.

이것은 절대 자신을 위한 것이 아니다!

모두 그녀를 위한 것이다!

지금까지 자신의 곁에 머무르면서 많은 도움을 준 그녀에게 이 약초가 언젠가는 큰 보답을 하는 날이 올 수도 있으리라.

연애를 케이블 텔레비전에서 가끔 해 주는 19금 영화로 배운 만큼, 확신했다.

"뭐, 인간관계가 다 그렇고 그런 거 아니겠어."

위드는 들풀을 헤치며 노란 약초들을 남김없이 찾아내서 배낭에 담았다.

약초학의 지식에 따라서 잘 가공하면 훌륭한 효험을 볼 수 있으리라.

"써먹어 보고 팔면 참 좋을 텐데… 뭐, 그럴 수는 없겠지."

위드도 똑같은 늑대의 본성을 가지고 있었다.

그때 들풀 사이에서 날개를 팔랑거리면서 위드의 코에 달라붙는 작은 생명체가 있었다.

"너는……."

―안녕. 안녕. 안녕. 반가워.

공간을 넘나드는 장난꾸러기 페어리였다.

위드는 찔리는 게 있어서 약간 꺼림칙하게 대답했다.

"저기, 처음 뵙겠습니다. 누구?"

―나빠, 나빠. 나를 잊어버렸구나. 미운 인간. 그렇다면 바다 한복판에 떨어뜨려 주겠어!

위드의 기억력이 과거를 헤집어 보았다.

페어리라면 파리처럼 작은 크기에 다들 비슷하게 생겨서

구분이 어려웠다. 하지만 자신에게 이렇게 친근하게 다가오고 몸에도 달라붙는 페어리는 흔치 않았다.

"잠깐, 기억이 났다. 보고 싶었어! 지골라스에서 보고 페어리 퀸의 처소에서도 코에 앉은 적이 있잖아."

ㅡ맞아. 반가워, 친구.

위드가 누군가와 이야기하는 것을 듣고 서윤이 다가왔다.

"안녕. 정말 작은 아이구나."

ㅡ맞아. 친구의 친구. 예쁜 인간.

서윤이 페어리를 향하여 손가락을 내밀자 대뜸 위드의 코에서 옮겨 갔다.

페어리들은 역시 아름다운 여자를 좋아했다.

위드는 막다른 골목에서 빚쟁이를 만난 듯이 목소리를 무겁게 깔고 물었다.

"나를 찾아온 거야?"

ㅡ응, 당연히.

"……."

위드는 페어리에게 할 말이 없었다.

오래전에 받았던 페어리 퀸의 퀘스트!

지금까지도 해결을 하지 못하고 있었기에 면목이 없었다.

페어리 종족과의 친밀도도 제법 높았지만 지금은 다 포기하고 적대적으로 돌아서지 않기만을 바랄 뿐이었다.

ㅡ여왕님께서 너를 데려오라고 하셨어.

"흠흠, 그게… 나에게는 중요하고 바쁜 일이 있는데. 하필이면 지금 찾아오다니 아쉽군."

-그래? 그렇다면 어쩔 수 없지만… 여왕님께서 수다쟁이 정령들을 통해서 들었어. 그대가 여왕님을 위해서 엄청난 일을 해 주었다면서?

"뭣이?"

위드의 머릿속이 복잡하게 돌아갔다.

페어리 퀸의 퀘스트는 슬픈 드래곤의 유품을 찾는 것!

그 해결을 위해서는 붉은 갈대의 숲에서부터 시작될 끝도 모를 연계 퀘스트들을 수행하여야 했다.

그런데 위드는 조각술 최후의 비기를 하면서 혼돈의 드래곤 아우솔레토를 사냥하고 실버 드래곤 유스켈란타의 거울을 획득했다.

당시에도 혹시나 싶은 마음이 있긴 했다.

드래곤의 물건이란 게 흔히 널려 있는 것도 아니고, 연관성이 있을 수도 있다는 그럴듯한 의심이 들었다.

퀘스트를 성공시키는 과정에서 꼭 정해진 길만을 따르지는 않아도 된다.

다른 유저들 같은 경우에는 흔히 알려진 퀘스트를 진행하면서 다음에 필요한 아이템 등을 미리 구해서 가는 것이 시간 절약을 위해서 일반적이었다.

'뭐, 과정이야 어쨌든 얻긴 얻었는데. 이것은… 눈먼 퀘스

트?'

어쩌면 자신도 모르게 적어도 난이도 S급의 연계 퀘스트를 마무리해 버린 것일지도 모르는 일.

위드의 허리와 어깨가 선거를 마친 국회의원들처럼 당당하게 펴졌다.

"페어리여."

-왜 불러?

"꾸물거리지 말고 어서 여왕님을 뵈러 가자."

"위대한 사막의 영혼이 모래울림의 부족, 전사 중의 전사, 바에브치를 선택하였다."

"위대한 사막의 영혼이 칼날의 피 부족, 전사 중의 전사, 캄초를 선택하였다."

"위대한 사막의 영혼이 늑대 낙타의 부족, 전사 중의 전사, 헤우스를 선택하였다."

사막의 대제왕 퀘스트를 진행하고 있는 대지의그림자 파티.

"이번에도 성공이네요."

"피해가 너무 크군. 400명의 전사가 도전해서 고작 20명이 살아남았으니. 앞으로가 정말 큰 난관에 부딪쳤다고 할 수 있어."

"그 20명이야말로 진짜 알짜배기라고 부를 수 있으니 아직 실패한 건 아닙니다."

대지의그림자 파티에서는 연계 퀘스트의 아홉 번째를 마무리하고 있었다.

사막 부족들의 인정과 존중을 받고 전사들의 길잡이가 되었다.

"사막의 대제왕, 그것은 우리 사막의 살아 있는 전설이고 모든 전사들의 꿈이오. 그대들은 충분한 능력을 가지고 있으니, 아직은 경험이 부족한 우리 전사들을 이끌어 주시오."

"이곳에서 타클라드 사막까지 나보다 강한 전사는 없소. 그러나 대제왕의 길은 나로서도 장담하기 어려운 힘든 일. 우리 부족의 영광을 위해서라도 그대들의 협력을 기쁜 마음으로 받아들이도록 하지."

자신들을 믿어 주는 전사들이 시험을 치를 때마다 성공할 수 있도록 물심양면으로 도왔다.

전사들을 데리고 터무니없을 정도로 강한 던전들을 돌파하고, 몬스터와 싸워서 이겨 낸다.

9단계까지의 연계 퀘스트는 역시 대부분이 전투를 통해서 이루어졌다.

힘을 숭상하는 사막 전사들은 몬스터의 무리에 무모하게 덤벼들었으며, 자신들끼리도 서슴지 않고 싸움을 벌였다.

사막 부족들 간에 원한 관계가 복잡하게 얽혀 있어서 분쟁이 일어나면 걷잡을 수 없이 크게 번졌다.

 탐험과 발굴, 조사가 주특기인 대지의그림자 파티에는 버거운 일이었지만 중요한 순간 올바른 판단을 내려서 어려움을 헤쳐 나갔다.

 그럼에도 퀘스트가 진행되면서 사막 전사들이 사망하거나 큰 부상으로 전투 능력을 상실하게 되었다.

 전사 보르.

 드물게 힘과 용기, 지능까지 두루 갖춘 전사였다.

 대지의그림자 파티에서 퀘스트를 완수할 수 있는 가장 유력한 후보로 꼽았던 그는 함정에 빠진 340여 명의 사막 전사들을 구하고 회생 불가능의 부상을 입었다.

 "대제왕이 걸었던 길을 따라 걸을 수 있었던 것도 영광입니다. 제 부족에… 제 마지막 순간은 비겁하지 않았다고 전해 주십시오."

 보르의 사망.

 다행히 사막 전사들의 사기는 감소하지 않았다.

 "경쟁자가 죽었군. 좋은 소식이야."

 "크크크, 어리석은 짓을 했지. 나 바에브치가 사막의 제왕이 될 것이다."

 "보르의 희생이 헛되지 않도록, 그리고 사막의 번영이 다시 시작될 수 있도록 나 캄초가 힘쓸 것이오."

"나 헤우스 역시 비슷한 순간에 보르와 같은 처지가 되었다면 망설이지 않았으리라. 하지만 결과적으로 그의 희생을 지켜보기만 했기에 부끄럽다. 영광스러운 대제왕의 길에는 행운을 기대한다거나, 조금의 비겁함도 있어서는 안 될 것이다."

대지의그림자는 거친 사막 전사들을 보면서 마음이 조마조마했다.

퀘스트가 마지막까지 가게 되면 그는 이 지역을 통합하는 대제왕이 될 것이다. 악당이 대제왕이 되었을 경우는 당장 대륙에 피해가 될 수도 있을 것 같아서 마음을 졸였다.

"전사들의 성장 속도가 놀라워요."

"사막의 특성이라고 할 수 있겠지. 오직 강해지는 것만 생각하니까."

"위드가 돌파했던 던전들이 연계 퀘스트를 수행하는 전사들에게는 3배에서 4배의 숙련도와 경험치를 준다는 것도 큰 이유겠죠."

"대제왕의 퀘스트에서 정말 성공하는 사람이 나올까요?"

"우리가 아니더라도 반드시 나타나리라 생각해."

사막 지역에서는 대제왕의 후계자가 되기 위해 전사들이 끊임없이 도전하고 있었다.

적어도 4만여 명의 전사들이 대제왕의 길을 걷고 있었다.

대지의그림자를 존중하지 않는 부족의 전사들은 황량한

벌판을 돌아다니는 늑대처럼 스스로 도전했다.

위드가 이룩했던 전대미문의 강함.

그가 사막에 남겨 놓은 흔적을 쫓아서, 그가 가지고 있던 검술이나 유물을 얻어서 완전한 대제왕으로 거듭나기 위한 퀘스트.

그 어려움이야 이루 말할 수 없었지만, 사막 전사들은 계속 도전하고 있었다.

대제왕 위드가 사막에 남긴 불멸의 전설은 전사들의 피를 끓게 만들었다.

띠링!

사막의 낙타

사막에서는 모래바람보다 빠르고 구름의 그림자마저도 쫓아갈 수 없는 낙타의 전설이 내려오고 있다.

대제왕을 태우고 전쟁의 시대를 평정했던 쌍봉낙타의 혈통을 찾아라.

대제왕 위드가 세상에서 사라지고 난 이후 쌍봉낙타는 대륙을 떠돌다가 자신의 고향인 사막으로 돌아왔다. 그들을 길들인다면 대제왕의 험난한 길을 잇는 데 커다란 도움이 될 것이다.

난이도 : S

보상 : 쌍봉낙타.

퀘스트 제한 : 쌍봉낙타의 혈통은 사막 전체에 34마리가 남아 있음.

대지의그림자 파티에서는 도전 정신에 불타올랐다.

이미 퀘스트가 정점에 도달해 있는 이상 모험을 즐기는 것만으로도 행복했다.

“크흠, 무지하게 덥군.”

검오치를 비롯한 수련생들은 사막의 뜨거운 햇볕에 인상을 썼다.

하벤 제국과의 전쟁에서 목숨을 잃은 이들.

그들은 자신의 약함을 뼈저리게 깨달았다.

“고작 기사 오십 놈의 목밖에 베지 못하다니 남자로서 수치가 아닌가!”

“저는 너무 약해서, 병사들만 상대했는데 고작 1,000명밖에 못 해치웠죠. 부끄러워서 얼굴도 못 들고 다닐 것 같습니다, 사형.”

“나처럼 창피한 사람은 없을 것이다. 나는 힘도 없는 흰옷을 입은 마법사 육십 놈밖에 못 죽였다. 검을 들 자격도 없다.”

수련생들은 나약함을 반성하며 후회했다.

아르펜 왕국을 지키기 위해서 전쟁에 나섰는데 그들이 해치운 적들을 다 합쳐 봐야 고작(?) 16만 명 정도밖에 되지 않았다.

1인당 300명을 조금 넘는 적들을 제압해 버린 것이다.

묵사발 기사단의 묵직한 돌격, 그러나 하벤 제국군 중장갑 보병의 완강한 저항에 의하여 돌파에는 성공하지 못했다.

적진 한복판에서 북부 유저들과 함께 난전을 벌였다.

그들이 적진에서 힘겹게 싸울 때는 금방 무너지리라 예상을 했지만, 사실 난전이 벌어지고 난 이후부터 검치 들은 훨씬 잘 싸웠다.

다 함께 일제 돌격을 하면 원거리 공격의 표적이 되기도 쉽다.

그러나 적진 한복판에서 적의 기사들과 병사들과 함께 뒤섞이면 정신을 놓아 버리고 전후좌우 할 것 없이 좌충우돌 부딪쳤다.

때론 적들을 이용하기도 하고, 짧은 휴식도 취한다.

전투 물자 마차들도 약탈하고, 궁병대에 진입하여 휘젓고 다니기도 했다.

대부분은 목숨을 잃었지만 엄청난 피해를 입히며 전투 명성을 혁혁하게 날린 그들. 하벤 제국군의 기세를 꺾은 것은 검치와 수련생 개개인들의 역할이 아주 컸다.

약 230명 정도의 검치 들은 위대한 전쟁 업적을 쌓은 검삼치를 부러워하며 더욱 강해지기 위하여 남부 사막지대에까지 왔다.

검삼백이십육치가 주민들 몇 명을 만나더니 돌아와서 검오치에게 말했다.

"사범님, 여긴 대제왕과 연관이 있는 퀘스트가 유행인데요. 도시에 있는 유저들도 그걸 한다고 설치고 있습니다."

"내용이 뭔데?"

"그러니까 사막 전사로 전직을 하거나, 그들을 이끌어서 대제왕의 후예가 되는 거죠."

"여자도 있나?"

"없습니다. 우리처럼 전부 남자들만 모였습니다."

"휴우. 우린 복잡한 건 하지 말자. 때려죽이기나 하자."

"암요. 맞습니다."

검오치와 수련생들은 잠깐의 고민도 없이 그냥 퀘스트를 포기하기로 결정했다.

여자가 부탁을 하는 것도 아닌 이상 굳이 들어줄 이유가 없는 것!

그때 검팔십일치가 말했다.

"삼백이십육치야, 사막 전사들을 이끈다고?"

"네, 사형. 거칠고 말도 안 듣고, 싸움밖에 모르는 자들이라서 정말 힘들답니다."

"어려울 것도 없잖아?"

"예?"

"두들겨 패서 말을 듣게 하면 되잖아?"

"아, 그런 방법이 있었네요."

거칠고 용맹한 사막 전사들이라고 해 봤자 검치 들이 보기에는 그냥 인간에 불과했다.

매에는 장사가 없다.

무릇 말을 안 들으면 제대로 귓구멍이 뚫릴 때까지 때리면 해결되는 간단한 문제였다.

"그리고 몬스터와 싸우는 것도 뭐가 어렵냐. 우리가 맨날 하는 건데. 그냥 다 때려잡으면 되는 거야."

가만히 듣고 있던 검오치가 고개를 끄덕였다.

"음, 일리가 있군."

"이렇게 쉬운 방법이 있군요. 우리가 평소에 너무 머리를 쓰고 사는 것 같습니다."

검오치는 오래전 기억이 났다.

"스승님께서 예전에 이렇게 말씀하신 적이 있다. 남들이 머리를 굴릴 때, 우린 근육에 바짝 힘을 주어야 한다고."

"저에게도 비슷한 말씀을 들려주신 적이 있습니다. 다른 사람들의 잔머리는 당해 내지 못하니 웬만한 일은 몸으로 해결하라는 거였지요."

타인과 시비가 걸리거나 어떤 사건 사고가 발생했을 때, 근육에 힘을 주면 만사형통!

꿈틀거리는 근육과 선명한 혈관들이 다른 사람들을 배려심 깊고 친절하게 만들어 주었던 것이다.

"심심한데 우리도 퀘스트나 해 보자. 다 때려 부수고 두들겨 패 버리자."

"옛, 사형!"

검오치와 수련생들도 뒤늦게 대제왕의 퀘스트에 참여했다.

드래곤의 퀘스트

The Legendary Moonlight Sculptor

하벤 제국의 북부 영주들은 자신에게 주어진 땅과 주민들을 다스리기 위해 경쟁적으로 마을을 확장하고 호화로운 영주성을 건설했다.

북부 대륙의 약 사분의 일.

도로와 시설물 건설도 거의 동시에 이루어지면서 마을로서 기본적인 틀을 갖췄다.

1,000여 명에 달하는 북부 영주들 중에서도 단연 두각을 드러내는 사람은 아스 마을의 영주 로빈이었다.

로빈은 막대한 현금을 이용해서 단기간에 모든 것을 갖췄다.

아스 마을의 거대한 투자

하벤 제국의 점령 지역, 아스 마을!

점령된 주민들은 앞으로의 일을 불안해하고 있습니다.

하벤 제국의 악명은 포악함 그 자체라서 새로운 통치자가 온 이후에 생선 1 마리, 쌀알 한 톨까지도 세금으로 가져가지 않을지 걱정했습니다. 하지만 신임 영주가 많은 돈을 마을에 투자하는 모습을 보고 안심하게 될 것입니다.

4개월간 생산력 60% 증가.

마을의 영역 확장.

인구 증가 속도가 향상됨.

아스 마을의 특성에 따라서 즉시 건설될 건물들

술집 : 주민들의 만족도를 향상시키고 세금 수입을 늘린다. 하지만 치안에 악영향을 줌.

여관 : 여행자들이 머무를 수 있는 여관. 많은 여행자들이 머무르면 마을에 활기가 더해진다.

영주 직속 은행 : 자금을 빌려 주거나 예치할 수 있다. 상업의 발달을 촉진하고, 상인들이 장사를 하는 밑거름이 된다. 이 시설은 향후 수익을 낼 수도 있지만, 큰 적자를 볼 수도 있을 것이다.

귀금속 세공소 : 금과 은, 보석을 전문적으로 세공하는 업체. 세공 기술과 인지도에 따라서 높은 가격을 받을 수 있다. 특별한 보석과 재료석을 요청하는 퀘스트가 발생하게 됨.

치안대 : 상업을 추구하는 마을의 특성상 주민들이 방범 기능을 강화하기 위해 설립하게 됨. 기본적인 마을 순찰이 가능하며, 범죄자들을 가두어 놓을 수 있다.

용병 길드 : 마을 주변의 몬스터들에 대해 조사하고, 정기적으로 퇴치하기 위한 의뢰를 한다. 운영을 위하여 많은 세금이 들지만, 의뢰가 성공할 때마다 마을의 치안과 명성이 증가함.

하층민 주거지 : 전쟁으로 인해 이주민들이 많이 발생하였습니다. 그들은 큰 도로 근처에서 살지 못합니다.

도시 발전도가 늘어나면 향상된 건물들을 더 많이 지을 수 있습니다.

영주성의 완공으로 마을의 건물 건축, 세율 책정, 정책 등을 수립하고 예산을 세분화할 수 있습니다.

"후후, 치안대 따위는 지금의 상황에 의미가 없지. 치안대 해체."

-치안대를 해체하시겠습니까?
 주민들이 싫어할 수 있습니다.
 마을 예산이 매달 140골드씩 절약됩니다.

"이까짓 거 필요 없다."

-주민들의 충성도가 감소합니다.
 영주에 대한 불신이 약간 생깁니다.

"하층민 주거지도 있으나 마나야. 장기적으로 도시를 좀 먹는 구역이지. 하층민 주거지 파괴."

-하층민 주거지를 파괴하시겠습니까?
 거주하는 주민들의 반발을 살 것입니다.
 파괴 과정에서 부상자가 발생할 수 있습니다.
 마을의 확대가 느려지고, 이주민들의 유입도 감소하게 될 것입니다.

"부숴 버려."

-영주 직속의 군대에 하층민 주거지를 파괴하도록 명령을 내립니다.
 군대가 엄격하게 통제하지 못한다면 약탈과 방화가 발생할 수도 있습니다.

로빈은 치안대와 하층민 주거지를 부수는 대신에 이를 대체할 건물들을 세웠다.

통 크게 정규군이 주둔하는 요새를 세워서 치안대 따위는 필요 없게 했으며, 단단한 벽돌을 쌓은 주택을 대거 지어서 주민들에게 거의 공짜로 나눠 주었다.

"우리 마을에 대해서 알려 달라고? 굶주림이 없고 깨끗한 시설들에, 세금까지 저렴하지. 주택을 원하면 가족과 같이 거주하면 되고. 더 이상 어떤 설명이 필요하겠소?"

"치안을 걱정하다니 언제 적 이야기를 하는지 모르겠군. 영주님께서는 2,000명에 달하는 정규군을 보유하고 계시오. 당연히 몬스터의 공격을 막기에는 부족할지도 모르지만 마을에 고용되어 활동하는 용병만 5,000명이나 된다오. 몬스터의 서식지라면 그날로 뿌리를 뽑아 버릴 정도지."

"관심이 있는 분야가 뭐요. 일자리? 어떤 일을 해도 높은 일당을 얻을 거요. 토목건축과 관련해서는 앞으로 몇 년간 쉴 틈이 없지. 우리 마을의 규모가 얼마나 넓냐 하면… 주민들이 시장을 가려면 말을 타고 30분은 달려야 할 정도요. 그 중간에는 붉은 벌판이 있을 뿐이지만 언젠가는 개발되겠지. 그 언젠가가 언제가 될 것인지가 문제겠지만 말이오."

아스 마을은 낙원이라고 불릴 수 있을 정도로 주민들에 대한 혜택이 좋았다.

마을에 등록된 주민들은 모든 상업 시설을 공짜나 다름없이 이용할 수 있었으며, 주택이 한 채씩 지급된다. 공부를 위한 교육 시설과 병의 치료를 위해 신전도 무제한으로 활용할 수 있었다.

주민들에게 부여되는 의무는 거의 없었으며, 자식을 낳을 때마다 400골드의 포상금이 지급된다.

이주자들도 적극적으로 환영하면서 가족마다 300골드를 지급했다.

아스 마을의 출생률은 엄청났을 뿐만 아니라, 인근 마을에서 이주해 오는 주민들로 인하여 아침마다 영주성에는 대기 줄이 길게 늘어설 정도였다.

하벤 제국에 의해 점령된 지역에서는 주민들이 아르펜 왕국으로 돌아갈 수 없게 되었다. 하지만 제국 내 영토에서의 이동은 자유로웠기에 가장 살기 좋은 아스 마을로 몰리고 있는 것이었다.

로빈은 마을의 발전에 대해서 자신이 넘쳤다.

'돈을 얼마를 쓰든 초창기에 자리를 잡아야 한다. 6개월 정도 지나서 안정화 단계에 접어들면 그때부터는 하벤 제국 북부 최대의 도시 지위를 유지하는 것만으로도 상인들이 끊임없이 방문하고 주민들이 더 많이 살아갈 것이야.'

1달 세금 수입은 1만 7천 골드.

지출은 1,600만 골드!

수지타산은 따질 것도 없이 극악한 수준이었지만 개발의

열풍을 타고 나면 대도시로의 승급은 시간문제라고 보았다.

벌써 인구가 3만 명을 돌파했으니 초창기의 모라타보다도 급속한 발전이다.

물론 그 당시 북부는 위험하고 사람들의 주목도 받지 못하던 지역이기는 했지만, 어쨌거나 아스 마을의 초반 성장은 눈부실 정도였다.

'정치인들에게 바쳐야 하는 세금도 없고, 끊임없이 신경을 써야 하는 복잡한 규제도 존재하지 않는단 말이지. 아스 마을이 커지고 다른 마을들을 잡아먹다 보면 하벤 제국으로부터 독립하지 말라는 법도 없어. 장차 이곳은 아스 왕국이 될 것이다. 그리고 나는 로빈 국왕으로 불리게 될 테지.'

로빈은 큰 뜻을 품고 있었기에 막대한 양의 자금을 마을 개발에 계속 투입했다.

에바루크 성의 영주 다인.

칼라모르 지역에서 벌어진 혼란은 그녀가 다스리는 영토에는 아무 영향을 주지 못했다.

"반란군을 조직해서 영주님에게 저항을 하자고? 예끼, 이 사람아. 병사들에게 신고하기 전에 썩 꺼지게!"

"은혜도 모르는 인간이군. 우리가 이만큼 사는 것도 다 영주님의 은덕인 것을."

"칼라모르 왕국이 그립지 않냐고? 하벤 제국? 그런 건 잘 모르겠어. 그냥 살기 편하고 마음이 놓이니 지금이 가장 좋아. 행진하던 멋진 기사들을 보기 어려워진 점은 참 아쉽지만."

에바루크 성은 칼라모르 지역에서도 발전된 땅이었다.

다인은 영주로 부임하자마자 이곳의 세율부터 낮췄다.

하벤 제국의 영주들은 대부분 황궁에 바쳐야 하는 상당한 세금 외에도 자신이 막대한 재산을 착복했다. 자신의 이득을 챙기는 것은 물론이었고, 윗자리에 뇌물을 주어야만 더 좋은 영토를 획득할 수 있었기 때문이다.

다인은 검소한 생활을 하며 세율을 낮추었고 그나마도 에바루크 성을 발전시키는 데 썼다.

"영주님, 이번에 고겐이라는 상인이 왕국 최고의 비취를 많이 가져왔는데 구입을 할까요?"

"요즘 비취의 가격이 어떻죠?"

"1년 내에 가장 낮은 가격이옵니다. 상인은 1개에 1,000골드씩 판다고 합니다. 좋은 품질의 비취이니만큼 영주님의 존엄을 세우기 위해서라도 20개 정도를 구입하심이……."

"40개를 사세요. 그리고 나중에 소환술사들에게 1개에 1,500골드를 받고 파세요."

샤먼으로서 마법 연구, 소환, 전투 분야 등에 다양하게 지식이 많았다.

영주의 신분에 있다 보니 상인들을 만나서 각종 재료들을 구입하고 되파는 방식으로 재정을 늘렸다.

상업의 중심지이다 보니 치안을 확고하게 하고 고유의 문화를 융성시키는 것만으로도 많은 상인들이 방문했다.

다인은 광장과 거리를 돌면서 수시로 주민들과 유저들의 생활을 확인했다.

"힐리아 님, 거의 1달 만에 오셨네요."

"다인 영주님, 안녕하세요. 이곳에 오다가 도적 떼를 만나서 마차들을 몽땅 털려 버렸어요."

"저런… 근거지가 소므렌 자유도시 쪽이었죠?"

"넵. 뭐, 당분간은 이 부근에서 식료품 거래나 해야 될 것 같지만요."

"소므렌 근방으로 영주 직속의 상단이 갈 일이 있는데… 책임자로 임명해도 될까요?"

"정말요? 그래 주시면 완전 좋죠."

상인들과는 친한 관계를 유지했다.

대부분의 상인들은 교역을 위해서라도 떠돌이 생활을 하지만 도시와 마을과의 관계를 중요하게 여겼다. 교역을 하려면 물품을 사고파는 장소가 반드시 필요했기 때문이다.

"이곳 건물들은 노후화가 심하네요."

"새로 지을까요?"

"그러면 돈이 많이 드니… 내부를 새로 단장하는 정도로 하세요. 주민들에게 불편한 시설물들은 치워 주시구요. 이쪽 거리는 화가들을 고용해서 외벽을 새로 칠해 주세요. 주민들이 좋아하는 영웅들이나 기사들을 그리는 것도 괜찮겠죠?"

"옛. 주민들이 좋아할 것입니다, 영주님."

문화란 경제와 군사력 앞에서는 특별한 힘이 없다는 게 일반적인 인식이다. 하지만 칼라모르의 전통문화를 그대로 유지시키고 지원해 주는 것만으로도 주민들은 다인에게 큰 호감을 가졌다.

높은 주민 충성도를 바탕으로 하여 내정을 안정시켰으며, 지역 명성을 올려서 상품 거래를 활발하게 했다.

칼라모르의 숙련된 대장장이들과 재봉사, 광부 등이 안정된 삶을 찾아 에바루크 성으로 이주해 왔다.

유저들도 이곳을 편안하게 느끼기는 마찬가지였다.

큰 혼란이 없으며, 주민들이 행복해한다.

유저들도 가능하면 광장에서 쉬더라도 억압적이지 않은 즐거운 분위기를 훨씬 선호했다.

사냥터와 퀘스트에 대한 제한은 하벤 제국의 정책을 그대로 따르고 있었지만, 그렇더라도 에바루크 성을 활동 근거지로 삼는 유저들은 많이 있었다.

현재 에바루크 성은 칼라모르의 수도 이상으로 발전한 영토가 되었으며, 유저들이 모이는 핵심 지역이 되었다.

중앙 대륙에서도 가장 빨리 발전하고 있는 지역.

하벤 제국의 혼란기에도 에바루크 성으로 오는 주민들은 늘어났고, 내부적인 경제력도 강해졌다.

다인은 도시에만 머무르지 않고 병사들과 함께 수시로 원정을 떠났다.

"칼슨 군단장님."

"옛!"

"몬스터 무리의 토벌이 끝나기 전에는 성으로 돌아가지 않습니다. 밤낮을 가리지 않고 단 1마리도 놓치지 않을 것입니다."

"알겠습니다, 영주님!"

다인은 병사들과 기사들을 거느리고 던전과 산맥을 휩쓸고 다녔다.

매일 영주로서의 업무와 사냥을 반복한다.

그녀의 레벨도 물론이었지만 거느리고 있는 군대도 하루가 다르게 정예화되어 가고 있었다.

위드는 페어리의 안내를 따르며 그들의 여왕이 쉬고 있는 휴식처로 향했다.

'화끈한 보상을 받을 수 있겠군. 역시 무기를 얻는 편이 좋겠지. 레드 스타는 찜찜해서 일상적인 사용에 제한이 너무

심하니 말이야.'

머릿속으로는 복잡하게 계산 중.

퀘스트가 성공했다면 얻을 수 있는 물건과 그것을 처분했을 때의 가격까지도 감안하고 있었다.

'요즘 시세 하락을 보면… 음, 그래도 최상위품은 역시 부르는 게 값이야. 갑옷도 처분하기에는 그리 나쁘지 않으니 양념 대신 프라이드 수준은 되지. 갑옷을 받기 위해서는 너무 좋은 걸 차고 있으면 안 되는데.'

위드는 길을 인도하는 페어리의 눈치를 보며 슬그머니 여신의 기사 갑옷을 착용 해제했다.

신성력과 마나를 발출하는 살아 있는 조각 재료이며 신의 눈물이라고 불리는 헬리움으로 직접 만든 갑옷.

이보다 더 좋은 걸 얻을 가능성은 적겠지만 그에 버금가거나 혹은 좋은 옵션이 걸린 갑옷을 구할 수도 있다.

던전이나 사냥터에 따라서 갑옷을 바꿔 입는 것으로도 전투 방식을 바꿀 수가 있는 것이다.

"음머어어어, 주인이 갑옷을 벗었다."

"골골골, 뭔가 수상쩍다."

즉시 쓸데없이 반응하는 누렁이와 금인이.

'돈 욕심을 부리고 있어.'

서윤은 위드의 내심을 충분히 짐작하고 있기에 아무 말도 하지 않았다.

바르고 산맥 인근.

엘프의 숲과 드워프의 마을을 지나쳐서, 페어리들의 던전 입구에 도착했다.

페어리들이 그를 반기려는 것인지 근처에서 왱왱거리고 날아다니고 있었다.

-늦었다. 늦었어.

-꾸물대는 인간이야. 정말 인간들은 시간에 대해서는 엄격하지 못하지.

-여왕님의 진노가 대단할 거야, 꺄르륵. 저 인간은 죽어도 곱게 죽지 못할걸.

-큰 칼로 목을 친 다음에 소금으로 절여서 지옥으로 보내야 마땅해!

"……"

기대를 잔뜩 품고 있었는데 초를 치는 페어리들.

위드도 이런 식으로 대접을 받는 것에는 익숙했다.

소싯적에 신문이나 우유 배달을 하면서 아침마다 밀린 대금을 받기 위해 대문을 두들겼다가 욕을 먹은 게 어디 한두 회던가.

그럼에도 페어리들은 정말 화가 난 게 아니고 장난으로 하는 말이었다.

위드는 페어리의 여왕을 만나기 위해 서윤과 조각 생명체들과 함께 던전 안으로 들어갔다.

테네이돈의 휴식처.

오래된 바위와 나무, 풀이 자란 웅덩이.

인간의 기준으로는 작은 샘이 있을 뿐이었지만, 페어리들에게는 호수처럼 넓었다.

바르고 성채 인근에 있는 이곳은 모험가들, 특히 자연과 친하지 않은 인간보다는 드워프들과 엘프들에게 방문 허락이 쉽게 나는 장소였다.

탐험과 퀘스트를 얻기 위해 이 던전에 들어온 유저들도 상당수 있었다.

바르고 성채에서 시작한 유저 위블로는 동영상으로도 퍼져서 유명한 경우였다.

위블로는 레벨이 고작 14밖에 되지 않던 유저였다.

어디서 본 건 있어서 직업 같은 건 적성을 파악한 후에 늦게 구하는 편이 낫다면서 바르고 성채에서 자본금을 마련하기 위해서 아르바이트만 실컷 했다.

"음식 배달, 심부름요? 예, 금방 다녀올게요."

"설거지를 이만큼이나… 에휴, 불평이라니요. 아닙니다. 바로 시작해야죠."

"장작을 한 방 가득 쌓으면 2실버라고 듣고 왔습니다. 저를 고용해 주시면 안 되겠습니까?"

마을과 도시에서 유저들이 아르바이트를 하는 건 흔히 벌어지는 일이었다.

　유저들 입장에는 주민들과 친해지면서 용돈 벌이도 한다.

　로열 로드를 처음 시작하는 사람들은 그저 완전히 다른 환경에서 살아간다는 것만으로도 큰 재미를 느껴서 지루함도 몰랐다.

　앞으로 자신이 이 세상에 잘 적응하기를 원하면서 장비를 맞추기 위한 아르바이트를 부지런히 했다.

　위블로의 경우에는 식당 위주로만 아르바이트를 했다.

　"정말 수고했네. 이렇게 깨끗한 그릇은 처음 보는군. 여기 31쿠퍼를 더 주지."

　"고맙습니다!"

　그는 부엌 청소와 설거지 퀘스트에 있어서만큼은 항상 목표 이상을 달성했다.

　바쁜 사회생활을 하는 직장인이기 때문에 오랜 시간이 걸리는 다른 퀘스트들은 받아들이지를 못했다.

　며칠에 한 번씩 올지 안 올지 모르는 사람에게 편지를 전달해 주거나 하는 부탁은 어쩔 수 없이 거절해야 했다.

　식당의 설거지 의뢰만큼은 완벽함을 넘어서, 그의 손이 거치고 지나간 그릇은 방금 세공된 보석처럼 빛이 날 정도였다.

 그는 하루에도 서너 곳의 일감들을 처리했다.

 초보일 때에는 설거지로도 명성과 친밀도가 무섭게 쌓인
다.

 여전히 무직이며, 레벨은 14.

 그런 위블로에게 갑자기 페어리 여왕의 정중한 초대가 날
아왔다.

제목 : 페어리 여왕의 초대다. 음우화하하핫!

 그는 게시판에 페어리의 여왕으로부터 초대가 왔다는 사
실을 올리면서 대대적인 주목을 받았다. 설명만 하면 믿지
않는 유저들이 많을 것 같아서 처음부터 동영상을 올렸다.

─우오오오오, 대박입니다.

─로열 로드의 전문가인 제 입장에서는 전직 퀘스트가 발생하리
라 생각되는군요. 아직 무직이라고 하셨지요? 분명히 어떤 조건을

만족시키신 겁니다.

　-기가 막히네요. 테네이돈이라면 보통 명성으로는 만나 주지도 않을 텐데. 요정들은 까다로워서 그냥 만나려 갔다가는 친밀도만 대폭 깎이는데 직접 페어리를 시킨 초대라니!

　-던전까지 가실 수는 있겠습니까? 제가 지금 바르고 성채인데요, 던전 바로 앞까지 호위를 해 드리죠.

　-저도 대가 없이 도와 드립니다.

　호기심 많은 유저들의 참여로 위블로는 안전하게 페어리 여왕의 휴식처 던전 앞까지 왔다.

　물론 퀘스트가 사실이었으니 생방송을 진행하는 방송국들도 있었다.

　대책 없이 커져 버린 스케일!

　모두의 기대를 안고 위블로는 여왕 테네이돈을 만났다.

　"거룩한 요정의 여왕님을 뵙겠습니다."

　위블로는 당당하게 가슴에 손을 올리며 인사를 올렸다.

　"저에게 맡기실 일이 있습니까? 비록 제 능력은 모자라지만 어떤 일이든 시켜 주시면 최선을 다해 보겠습니다. 넘어지고 쓰러져도 다시 일어나서 도전을 하고 싶습니다."

　회사에도 여차하면 휴직계를 제출할 생각까지 하고 왔다.

　베르사 대륙에서 새로운 영웅이 되는 것!

　남자로서 품어 볼 만한 큰 꿈이었다.

최근 초등학생들의 꿈이 다크 게이머라든가 대도시의 영주, 드래곤 슬레이어라는 점도 조금은 연관이 있으리라.

　−인간이여, 그대는 깨끗한 것을 좋아한다지요?

　"네? 그렇습니다만……."

　−던전이 너무 더러워졌어요. 청소를 해 준다면 인간들의 금으로 3골드를 드리겠어요.

　"청소요?"

　−시간이 되는 대로 해 주세요. 빨리 마쳐 준다면 2골드를 더 줄게요.

　난이도 F급 청소 의뢰!

　테네이돈의 퀘스트인 만큼 거부하지도 못하고 넓은 던전을 전부 청소했다는 일화였다.

　그 당시에는 게시판에서 최고의 조롱거리가 되기는 했지만, 훗날 위블로는 그래도 꽤 괜찮은 모험가로 성장을 했다.

　입 싼 페어리들은 친해지면 좋은 정보들을 알려 준다.

　모험가들이 수수께끼를 받아 들고 고민에 빠져들 때, 페어리들은 맞거나 틀리거나 많은 단서들을 준다.

　게다가 위험한 상태에 빠지면 가끔씩 느닷없이 나타나서 텔레포트처럼 공간 이동을 해서 구해 주기도 했다. 물론 정말 희박한 확률로, 아주 가끔은 용암이나 바닷속으로 이동을 해 버리는 경우도 있었지만 말이다.

　위드는 이미 한번 와 봤던 장소라서 여왕이 있는 곳을 향해서 쭉 걸었다.

테네이돈은 지난번에 봤던 것처럼 거대한 나무뿌리에 걸 터앉아 있었다.

-인간이여, 오셨군요.

위드는 정중하게 한쪽 무릎을 꿇으며 인사했다.

"여왕님, 얼마나 고통이 심하셨습니까. 제가 드래곤의 유 품을 구해 왔나이다."

-그대는 무심하게도 너무나도 늦으셨군요. 그동안 저의 고통은 버티기 힘들 정도로 심해지고 있었답니다.

테네이돈이 드래곤의 저주로 찢어진 날개를 파르르 떨었 다. 위드는 고개를 절레절레 저었다.

"제가 늦은 것에 대해서는 변명을 할 여지가 없지만 세상 이 혼란스러웠습니다. 엠비뉴 교단을 물리쳐야 했고 직업으 로서 선배 조각사들이 품었던 숙원들을 해결해야 했으니… 많은 일들이 저를 기다리고 있었습니다."

-그만. 다른 말들은 듣고 싶지 않아요. 그대가 구해 온 드 래곤의 유품을 보고 싶군요.

"여기 있습니다."

위드는 가지고 있던 실버 드래곤 유스켈란타의 거울을 품 에서 꺼냈다.

다른 소유품 중에서는 레드 스타를 제외하고는 드래곤과 관련된 물건이 딱히 없었던 것이다. 레드 스타는 유물이 아니라, 위드가 몰래 사용하는 도난품이었다.

 -정말 가져왔군요. 의뢰를 했음에도 불구하고… 사라진 드래곤의 유품을 구하기란 대단히 어려운 일이었는데. 제가 알려 준 방식을 따르지 않고 스스로 구해 오다니 역시 극지의 탐험가로 불릴 정도의 모험가로군요. 놀라워요.

> -페어리의 여왕 테네이돈이 감탄합니다.
> 명성이 2,698 증가합니다.

 "정확히 이 물건이 여왕님께서 찾던 게 맞습니까?"

 -원하던 물건과 정확하게 같진 않지만… 그의 유품은 맞으니 라투아스도 거부할 수 없을 거예요.

 유스켈란타의 거울에 대해서는 위드도 고민을 많이 했다.

 '이게 도대체 뭘까.'

 시공을 초월하여 자신에게 귀속이 되었으니 무언가 틀림없이 중요한 아이템이었다.

 "감정!"

> -드래곤의 마력에 의해 방해를 받았습니다.
> 감정할 수 없는 물품입니다.

 수십 번 해도 감정 불가능!

 특수한 마법이나 지식이 부족한 경우에는 아무리 시도해도 감정을 할 수 없다.

모라타의 대도서관에서 마판의 상회 직원들을 통해서 거울에 대한 정보를 찾아보았지만 발견하지 못했다.

베르사 대륙의 역사 속 귀중한 보물들은 대부분이 드래곤의 레어에 있으며 인간들은 존재조차 알지도 못한다는 이야기가 사실일 가능성이 높았다.

'어떤 기가 막힌 옵션이 붙어 있을 수도 있지만 반대의 경우도 배제하지 못하지. 어쨌든 써먹지 못할 물건이라면 퀘스트를 완료하는 데 활용하는 것도 좋을 거야.'

동시에 받을 수 있는 퀘스트는 단 3개!

직업 퀘스트 등은 별도로 진행할 수 있었지만, 사냥과 퀘스트를 함께 진행하며 효율을 올리려면 넉넉한 게 아니다.

이것으로 오랫동안 묵혀 놓았던 테네이돈의 퀘스트를 해결할 수 있다면 그다지 손해 보지는 않는 장사이리라.

언젠가는 마침표를 찍어야 하는 일이었기에 위드는 미련을 덜고 넘겨주기로 했다.

"여기 있습니다."

띠링!

―실버 드래곤 유스켈란타의 거울을 건네주었습니다.

드래곤의 저주 완료
붉은 갈대의 숲에 라투아스와 관련된 단서가 있는지는 확인되지 않았다.
하지만 모험의 큰 도약이 이루어져서 더 이상 알 필요는 없으리라.

-경험치를 획득하였습니다.

-명성이 121 증가했습니다.

-페어리의 여왕 테네이돈을 기쁘게 만들어서 찰나의 에너지를 1 얻었습니다.

난이도 C급의 퀘스트이기에 경험치는 1%밖에 늘어나지 않았다. 레벨이 435인 위드에게는 영 마음에 차지 않는 상황이었다.

띠링! 띠링! 띠링!

-인간의 흔적 퀘스트가 완료되었습니다.

-드래곤의 옛 친구 퀘스트가 완료되었습니다.

-뼈를 남긴 신수 퀘스트가 완료되었습니다.

-마수 군단 토벌 퀘스트가 완료되었습니다.

-정령 구원 퀘스트가 완료되었습니다.

-인간의 고향 퀘스트가 완료되었습니다.

-불행하고 참혹하라 퀘스트가 완료되었습니다.

"푸커어어억!"

위드가 유스켈란타의 거울을 건네주고 난 이후로 완료된 연계 퀘스트의 홍수.

퀘스트의 제목만 보더라도 살 떨리는 이름이 다수 있었다.

'이름만 들어도 살벌하구나. 이거 적어도 6개월짜리였어. 중간에 방향을 잃고 헤매거나 특별한 재료를 모으라는 조건 등이 나왔다면 그 이상의 시간을 써야 했을 테고.'

조각술 최후의 비기 퀘스트를 진행하느라 상당한 시간을 허비하고 말았는데 덤으로 얻어걸린 소득이 있었다. 테네이돈과 관련된 엄청난 수의 연계 퀘스트들을 한꺼번에 처리한 것이다.

'만약 내가 혼돈의 드래곤을 해치우고 아이템을 얻지 못했다면… 혹은 어차피 이 세상으로 돌아오면 써먹지 못할 거란 생각에 관심도 두지 않았다면?'

간발의 차이로 남아 있는 건 후회와 생고생뿐이었을 걸 떠올리니 새삼 가슴이 서늘했다.

그리고 위드의 입가를 찢어지게 만드는 메시지 창이 떴다.

띠링!

–연속적인 퀘스트의 완료로 대량의 경험치를 얻었습니다.

–레벨이 오르셨습니다.

–레벨이 오르셨습니다.

–레벨이 오르셨습니다.

–명성이 22,981 증가하였습니다.

–베르사 대륙을 위한 퀘스트들을 진행했습니다. 찰나의 에너지가 61 높아
  졌습니다.

–페어리 종족과의 친화도가 64 증가하였습니다.
  그들은 당신을 보면 친밀함을 느끼고 장난을 걸고 싶어 할 것입니다.
  때때로 한가한 페어리들은 당신을 줄기차게 따라다니며 수다를 떨 수 있
  습니다.
  페어리들이 하는 이야기는 대부분 바람처럼 흘려보내도 좋은 잡담일 테
  지만, 때때로 귀중한 지식들을 전달해 줄 수 있을 것입니다.
  물론 가끔 그럴듯한 뻥을 치는 페어리들도 있겠지만……

현재까지 진행된 퀘스트에 대한 보상!

"쿠헤헤헤!"

위드는 찢어지려는 입가를 서둘러 단속했다.

비싸게 팔아먹을 수 있는 검이나 갑옷을 노리는 이상 페어

리의 여왕에게 만족하는 모습을 굳이 보여 줄 필요는 없었다.

'우연치 않게 걸려들었지만 보상이 상당하군.'

올라간 레벨과 명성만 보더라도 절대 만만한 퀘스트들이 아니었다.

위드의 명성이야 현재 시점에서 크게 필요한 상황까진 아니었지만 유명해지는 건 언제든 이점이 많다.

유명인이 나서면 용병 길드, 주민은 어떤 퀘스트든 선뜻 맡긴다. 고맙다면서 추가적인 보상까지도 기꺼이 베풀었으니 이름값은 높을수록 좋다.

더군다나 위드는 아르펜 왕국의 국왕이다.

국왕이 어렵거나 힘든 모험, 대륙을 구원하는 종류의 모험을 성공시키게 되면 주민들의 국가 충성도가 높아졌다.

이번의 연속적인 퀘스트 완수로 얻은 명성 증가는 사상 초유라고 할 수 있었으니 베르사 대륙 전체가 다시 위드의 이야기로 떠들썩해질 것이다.

테네이돈이 재잘거리며 말했다.

-비록 긴 시간을 기다리기는 했지만 무리한 부탁임에도 불구하고 잘 처리해 주셨군요. 인간 중에서 당신보다 뛰어난 모험가는 찾지 못할 거예요.

"과찬의 말씀이십니다, 여왕 폐하!"

보상을 받기 직전이니 더욱 극진한 존대를 하는 위드.

당연히 내놓는 물건과 바뀌는 상황에 따라서 맹비난이나

투덜거림, 심지어는 쌍욕까지, 변경 가능성은 무궁무진했다.

－그대에게는 무언가 보상을 해 주어야 할 것 같은데… 페어리로서 가진 물건이 많지 않군요.

"그, 그렇습니까?"

위드의 입가가 파르르 떨렸다.

－그대가 원한다면 요정의 샘을 구경시켜 주도록 하지요.

"요정의 샘이라면 들어 본 적이 있는데 말이죠."

위드의 머리가 맹렬하게 기억을 헤집었다.

요정의 샘!

직접 가 본 적은 당연히 없었지만 어딘가에서 그 장소에 대해 이야기를 들었던 기억은 확실히 있었다.

'어디더라. 퀘스트가 발생했거나 자세하게 이야기를 나누었던 건 아니었는데.'

수학과 외국어는 금세 잊어버려도 자잘한 꼼수와 단서는 오랫동안 간직하는 편리한 기억력.

사막의 대제왕 시절이었다.

쌍봉낙타를 타고 들른 오아시스 옆의 마을 입구에서 어떤 학자가 요정의 샘에 대하여 말을 했다.

"사막에는 물에 대한 전설이 많답니다요. 요정의 샘이라는 곳이 어딘가에 존재하는데… 아쉽게도 간절히 물을 원하는 사막에 있지는 않고 요정들이 뛰어노는 다른 세상의 어딘가에 있다고 했습죠. 물을 마시면 육체의 나이가 어려지고 몸이 강건해지며 모든 병과 피로에서 회복이 되지요. 마법을 익힌 자는 머리가 좋아진다는데… 대제님은 믿기십니까?"

사막의 대제왕이었을 때는 조각술 최후의 비기 퀘스트를 진행하던 순간이었다.

그 와중에도 어쨌든 정상적으로 전쟁의 시대에 존재하는 다른 퀘스트들을 받는 것은 가능했고, 위드의 레벨과 명성이 워낙에 높아서 온갖 제안들이 들어왔다.

위드의 대답은 간단했다.

"시끄럽다. 헛소리 말고 꺼져라."

학자를 내쫓아 버리고 끝난 일.

위드는 기억을 더듬으며 테네이돈을 향해 말했다.

"요정의 샘이라면 들은 적이 있습니다. 요정들의 세상에 존재하는 곳이 아닙니까?"

페어리들처럼 시공간과 차원을 넘나드는 요정들만이 갈 수 있는 장소로 알려져 있었다.

─놀랍군요. 인간들 중에서 아직까지도 요정의 샘에 대해 아는 사람은 거의 없는데, 이름난 모험가인 당신은 정말 대단하군요. 당신은 앞으로 도대체 얼마나 많은 곳들을 돌아다니게 될까요?

위드는 속으로만 생각했다.

'별로 원해서 돌아다녔던 건 아니었습니다만.'

─요정의 샘은 정령계의 깊은 곳으로 연결되어 있는 신비

로운 장소랍니다. 생명력이 가득한 그 물을 마시게 되면 인간에게는 믿기 어려운 큰 힘이 주어지지요. 우리 페어리를 포함한 요정들이 연못과 물을 좋아하는 이유도 대부분 고향의 샘에서 태어났기 때문이에요.

"그렇게 특별한 장소라면 인간 중에는 아직 아무도 가 본 자가 없는 곳이겠군요."

-그렇지는 않아요. 세상에는 뛰어난 모험가인 그대가 있지만, 요정과 페어리의 특별한 친구도 있답니다.

"그게 누구입니까?"

-인간들 사이에서는 유명하지 않지만, 페트라는 대단한 실력을 가진 화가가 있답니다.

"페트."

위드는 이 이름도 들은 적이 있었다.

요즘 들어서 게시판에 떠들썩하게 자주 등장하는 화가였다.

바르고 성채에 그림을 그려 놓았으며, 최근에는 중앙 대륙에서 헤르메스 길드를 비난하는 그림들을 그려서 치안을 떨어뜨리게 만드는 주범.

그의 그림은 기발한 상상력과 환상적인 솜씨로 조각사인 위드와 많은 비교가 되었다.

'음, 경쟁자가 이미 다녀간 장소란 말이지.'

-지금까지의 일에 대한 보상으로 요정의 샘에 데려가 주

겠어요.

"보석이나 다른 물품은 없으십니까."

－인간들의 욕심은 언제 봐도 대단하군요. 페어리는 반짝이는 걸 좋아하지 않아요. 대신 이곳에 와서 페어리들에게 말하면 요정의 샘이 있는 정령계로 그대를 안내해 줄 거예요.

"고, 고맙습니다."

위드는 크게 실망했다.

'그렇더라도 손해인지 아닌지는 모르지.'

난이도가 높은 연계 퀘스트의 보상으로는 어쩐지 조금 미흡하다고도 느껴질 수 있었지만, 위드라고 요정의 샘이 주는 효과에 대해 확실히 알고 있는 건 아니다.

영구적인 신체 능력의 상승이 있다면 검이나 갑옷이 아니더라도 장기적으로 더 훌륭한 보상이랄 수 있었다. 위드의 가장 큰 약점인 낮은 생명력이나, 지식과 지혜를 높여 줄 수 있다면 말이다.

'그리고 전투에서도 아주 큰 쓸모가 있겠지.'

위드는 조각술 최후의 비기를 마치고 돌아온 후 사냥을 하는 도중에 내내 생각을 했다.

'이 속도로 강해지는 건 한계가 있다. 더 좋은 사냥터가 간절하게 필요해.'

남들보다 많은 시간을 사냥에 투자하고, 특별한 스킬을 가지고 있다고 해도 레벨 올리는 속도 자체를 5~6배씩 빠르게 하기는 무리였다.

위드는 스스로 바드레이와 그 주변 유저들의 레벨을 차근차근 뛰어넘기란 쉽지 않다고 느끼고 있었다.

'내가 레벨을 올리더라도 그놈들 역시 마찬가지로 놀진 않으니까. 그리고 나는 군대 단위의 전투가 벌어지기라도 한다면 조각술에 생명을 부여하거나 조각 부활술을 써서 레벨을 잃어버리고 약해질 수밖에 없는 노릇이고.'

적의 세력이라고 할 수 있는 헤르메스 길드에서는 중앙 대륙을 움켜쥐고 온갖 좋은 퀘스트와 사냥터를 독점하고 있었다.

길드 차원의 고급 정보들을 활용할 뿐만 아니라, 장비와 스킬의 지원은 말할 것도 없다.

헤르메스 길드원들은 일반 유저들보다 훨씬 좋은 환경에서 빠르게 성장하고 있는 중이다.

정말 부담스러울 정도로 불합리한 세상.

위드는 어떻게 하면 더 빨리 성장할 수 있을까를 고민하다가 잔머리를 굴려서 중앙 대륙에서 해답을 찾았다.

중앙 대륙의 던전들!

특정 던전들은 탐험의 결과로 스탯이나 장비를 주기도 한다.

위드는 중앙 대륙에 있는 던전들을 대부분 경험해 보지 못했기 때문에 탐험으로 성장할 수 있는 여력이 충분히 있었다.

헤르메스 길드에서는 지금 반란군의 출현으로 인해서 정신이 없을 테니 정보가 알려진 알짜배기 던전들을 빠르게 해치우고 빠져나오면 된다. 몬스터에게서 경험치를 얻고, 던전 돌파의 업적도 달성할 수 있었다.

물론 그것만이라면 잔머리를 열심히 굴린 대가로는 섭섭하게 느껴질 수도 있으리라.

땅에 떨어진 만 원짜리를 잽싸게 줍는 정도의 단순한 일에 불과했으니까!

위드의 지휘 능력은 여러모로 검증을 마쳤을 뿐만 아니라, 명성으로도 따라올 수 없을 정도로 압도적.

반란군을 지휘하여 하벤 제국의 마을과 도시를 습격할 수도 있지 않겠는가. 마법의 대륙에서 명문 길드들을 상대로 싸웠던 전적은 어디 가는 게 아니다.

상황에 따라 필요하다면 네크로맨서의 능력도 거뜬히 사용할 수 있었다.

리치로 변신한 이후에 바르칸의 풀 세트를 착용하면 그의 3대 마법을 사용할 수 있다.

다크 룰, 데스 오라, 절대 마법 방어!

몬투스를 해치우고 얻은 악마 투구까지 착용한다면 개인으로서도 엄청난 전력을 쓸 수 있는 것이다.

폭풍처럼 날아드는 까마귀와 뼈 그리고 언데드의 향연!

대지 위에서 물결처럼 밀려오는 좀비와 듀라한, 고스트,

스펙터, 데스 나이트, 둠 나이트.

낡고 찢어진 시커먼 로브에 긴 스태프를 들고 지휘하는 훤칠한 키의 리치.

그 당당함이야말로 모든 네크로맨서들이 꿈에도 바라는 절대적인 모습이었다.

전쟁의 신의 재림!

'그야말로 완벽하게 이상적인 광경이겠지. 대재앙을 한 방 일으키고 나서 시체들로 단숨에 언데드들을 소환한다. 그리고 그건 정말 재미가 있을 거야. 헤르메스 길드와는 돌이킬 수 없는 사이가 되었으니 악화될 감정도 없는 이상, 이제부터는 먼저 치고 나가는 게 효과적인 방법이야.'

위드는 짧은 시간 동안 그렇게 머리를 굴리고 있었지만 자신에게 돌아올 대가에 대해서도 알고 있었다.

중앙 대륙에서 헤르메스 길드를 습격하는 것은 자신에게도 위험부담이 너무나도 크기 때문이었다.

온통 사방이 적들인 장소에서 혼자 활개를 치고 설친다. 언제 위험한 순간에 빠질지 모르기에 생각처럼 쉬운 문제는 아니었다.

'전쟁의 신으로 불리던 마법의 대륙 시절과 비슷하겠군. 지킬 게 없던 그 당시와는 여러모로 차이가 있겠지만…….'

헤르메스 길드를 쓸어버리고 싶은 마음이 하루에도 몇 차례씩 들었지만 최종 결심은 조금씩 미루어졌다.

'인생은 자고로 가늘고 길게 살아야지. 암, 좋은 게 좋은 거라고……'

그런데 테네이돈이 그에게 말했다.

─그대가 가져온 거울은 우리 페어리들이 운반하기에는 너무 무겁군요.

"네?"

고작해야 평범한 거울에 불과한데도 페어리의 작은 몸에 비한다면 대형 선박과도 같은 크기였다.

─일을 시작한 사람이 끝맺음을 해 주면 좋겠죠. 부디 부탁이니 라투아스에게는 그대가 이 거울을 가지고 가 주세요.

띠링!

라투아스의 레어

드래곤은 자신의 레어에 누군가가 허락 없이 방문하는 것을 싫어한다.

수많은 몬스터들과 가디언들이 레어를 지키고 있다.

드래곤 라투아스에게 직접 이 거울을 가져다주자.

아주 운이 좋거나, 혹은 라투아스에게 필요한 무언가가 있다면 목숨을 부지할 수도 있을 것이다.

살아남는다면 모험가로서 완벽한 경력이 될 테지만 미래를 아는 현명한 인간이라면 먼저 자신의 관 정도는 준비해 놓을 것이다.

난이도 : 확인 불가능

퀘스트 제한 : 페어리 여왕 테네이돈의 신임, 나머지 조건 확인 불가능.

"크으윽!"

위드는 거절을 하고 싶었지만 연계 퀘스트의 마지막 단계

일지도 모른다는 생각에 망설여졌다.

'이것까지 해결하면 좋은데. 연계 퀘스트의 보상은 보통 마지막에 대부분 몰려 있잖아. 그리고 내용상으로 보더라도 거울을 가져다주는 것에 불과한데 위험은 없거나 적지 않을까?'

욕심 때문에 갈등은 되었지만 깨끗하게 결론을 내렸다.

'그래, 이놈의 인생은 잘나가다가 마지막에 이상하게 풀리는 경우가 많았어. 욕심이 생기더라도 여기서 접어야 돼.'

위드가 입을 열었다.

"여왕이시여, 이 일은 저로서도 부담이 큽니다. 여러 가지 많은 일들을 수행해야 하니 다른 한가한 사람에게……."

―그대가 반드시 맡아 줄 걸로 알고 있어요.

―퀘스트가 수락되었습니다.

선택권 박탈!

―그대는 고귀한 정신을 가지고 있으며 책임감도 강한 모험가이니 다른 인간에게 맡긴다는 건 상상도 할 수 없는 일이죠. 그건 대단한 실례가 될 거예요.

"그, 그렇습니다."

퀘스트는 받아 놨더라도 예전처럼 잊고 다른 일에 전념하면 된다는 생각이 머릿속을 스치고 지나갔다.

공중에 둥둥 떠 있던 거울이 위드에게로 돌아왔다.

─실버 드래곤 유스켈란타의 거울을 돌려받았습니다.
  아이템의 상태가 확인 가능해졌습니다.

유스켈란타의 거울 : 내구력 80/80.
유스켈란타가 자신의 모습을 비추어 보던 거울.
재질을 알 수 없는 특별한 '비늘'로 만들어져 있다.
실버 드래곤의 마력으로 인하여 소유하고 있는 것만으로도 특별한 효력이
발생한다.
제한 : 레벨 1,000.
       힘과 지혜 최소 2,000 이상.
옵션 : 매력 +122.
       기품 +20.
       모든 공격과 저주 마법을 31%의 확률로 반사한다. 하급 마법은 반사
       확률이 2배.
       거울에 각인되어 있는 실버 드래곤 유스켈란타의 모습을 볼 수 있다.
       하루에 한 번씩, 원하는 지역이 아무리 멀더라도 거울을 통해 살필
       수 있다.
       다수의 적들이 다가오면 거울에 모습이 비친다.
       하나의 강력한 적, 혹은 다수의 적을 봉인할 수 있다. 봉인된 적은
       최소 하루에서 일주일간 거울 속에 봉인된 후에 풀려난다.

드래곤의 물품인 만큼 놀라운 아이템.
단순 마법이 아니라 기적에 가까운 물건이었다.
'이게 대박이었구나. 이런 걸 그냥 넘겨줘야 하다니.'
사용 제한이 높아서 대장장이 스킬로도 쓰진 못한다.
위드의 대장장이 스킬은 현재 고급 2레벨!
착용 제한을 48%나 줄여 주었지만 그래도 레벨 제한에 걸

리는 물품이었다.

　-단지, 그대는 여러 일을 맡고 해결하느라 너무 바빠서 제 부탁을 처리하기까지 너무 많은 시간을 소모하는 것 같더군요. 이 일은 최소한 30일 안에 해결해 주었으면 해요.

　띠링!

　-라투아스의 레어 퀘스트에 시간제한이 생성되었습니다.
　30일 안에 해결하지 않으면 퀘스트를 실패하게 됩니다.

The Legendary
Moonlight *Sculptor*

요정들의 세상

어쩔 수 없이 테네이돈의 퀘스트를 받아들이게 된 순간, 위드에게는 사실 다른 꼼수가 번뜩 떠올랐다.

'30일을 기다려서 실패하면 된다. 그러면 명성이나 친밀도 등이 하락하긴 하겠지만 그걸로 이번 일의 매듭을 지으면 되겠지.'

그러나 물품 전달 퀘스트의 특성을 고려하지 않을 수 없었다.

테네이돈과 관계가 악화되는 건 감수할 수 있지만 거울을 받아야 하는 쪽인 드래곤 라투아스의 분노도 사게 된다.

연계 퀘스트의 경우에는 일단 받아들이고 진행하는 도중에 실패하게 되면 더 큰 페널티가 부여된다.

의뢰가 드래곤과 연관되었다면 보통 찜찜한 게 아니었다.

'드래곤이 몬스터들을 풀어서 거울을 얻기 위해 나를 잡으려고 할 수도 있고… 직접 찾아 나설 수도 있겠지. 퀘스트의 난이도나 내용을 감안한다면 역시 드래곤이 움직일 가능성이 크다.'

헤르메스 길드 이상으로 껄끄러운 존재!

남들은 드래곤을 보는 것만으로도 그 압도적이고 아름다운 모습에 경탄을 금치 못하겠지만, 자신에게는 목숨이 걸린 문제였다.

'에라, 모르겠다. 당장은 할 일을 하고 발등에 불이 떨어지면 그때 고민을 해 봐야지.'

먹고살다 보면 나중에는 어떻게든 해결할 수 있으리라.

'근데 물건을 가져다준다면 배송 의뢰가 아닌가. 뭔가 익숙한 것 같은데.'

위드의 머릿속에 마지막까지 잊으려고 했던 택배 회사의 아르바이트 기억이 떠올랐다.

'떠올랐다. 그곳은 진짜 생지옥이었다.'

당장 현금을 준다는 말에 혹해서 추석부터 업무를 봐 준 적이 있었다.

그때 세상의 가혹함을 다시 한 번 깨달았다.

'이놈의 사회에는 빌어먹는 게 차라리 낫다고 여겨질 정도의 직업이 많고도 많구나!'

새벽의 우유 배달이나 신문 배달은 한마디로 미역국에 밥 말아 먹는 것만큼 쉽게 느껴질 정도의 난이도.

　사과나 배를 박스째로 보내는 정도는 택배 회사에서는 너무 흔히 벌어지는 일이었다.

　택배 회사에서는 그야말로 대한민국의 역사와 기술을 경험할 수 있었다.

　전자레인지, 오븐, 스피커, 전기밥솥, 식기세척기, 홍삼 원액기, 식품 건조기, 컴퓨터, 복합기, 스캐너, 온수 매트, 비데 등의 상품은 흔했고, 대형 텔레비전이나 세탁기, 냉장고, 가구 상품들은 특별히 말할 거리도 안 되었다.

　스키용품, 골프채, 텐트, 낚시용품, 산악자전거, 유모차 등도 사람들은 택배로 보낸다.

　그야말로 웬만한 제품들은 모두 운송되는, 대한민국은 한마디로 택배 공화국이라고 할 수 있었다.

　정말 무시무시한 건 박스 안에 가득 차 있는 책과 생수!

　쌀, 사과, 배, 귤, 곶감, 배추 등 농산물의 향연이야말로 생지옥!

　"으으윽."

　위드는 머리를 감싸 쥐었다.

　이게 무슨 퀘스트가 시작되자마자 떠오르는 최악의 기억이란 말인가.

　시작은 추석 대목을 위해서 임시직으로 고용된 것이었지

만, 일을 마치고 받는 쏠쏠한 현금 탓에 추운 겨울과 설날까지도 택배 상하차 업무를 계속했다.

그때 이후로 정신적인 충격이 얼마나 컸는지 택배만 보면 치가 떨린다.

하다못해 네모난 상자, 혹은 폐지를 수집하는 할머니들만 보더라도 괴로움에 허리와 팔다리가 아파 왔다.

정신 건강을 위해서는 틀림없이 잊어버려야 하는 기억. 그러나 한 번만 경험하고 나면 나중에 힘든 일이 생겼을 때에도 강인한 정신력을 다져 주게 된다.

위드는 밤을 지새웠던 한겨울의 택배 상하차를 떠올리자 헤르메스 길드까지도 우습게 여겨졌다.

'그래, 이미 버린 인생. 헤르메스 길드, 무섭고 더러워서 내가 먼저 밟아 주지.'

중앙 대륙에서의 활약이 위험부담이 크거나 말거나 무슨 상관인가!

'나만 당할 수는 없으니 헤르메스 길드, 너희에게도 지옥을 보여 주마.'

마음으로 생각만 하고 결심은 내리지 못하던 중앙 대륙에서의 역습.

전쟁의 신으로 불릴 만한 계획이 이렇게 전격적으로 결정되었다.

즉흥적인 건 아니었고, 길고 오랜 고민 끝에 같이 죽자는 마음으로 결단이 내려지게 된 것이다.

테네이돈이 날갯짓을 하더니 말했다.

－인간 중에서 믿을 수 있는 모험가가 맡아 주어서 고맙군요. 어려운 일은 아니니 꼭 성공해 주길 바라요.

"알겠습니다. 그리고 요정의 샘을 당장 보고 싶습니다."

－페어리를 따라가면 될 거예요.

위드는 시종 역할을 하는 페어리의 인도를 받아서 동굴 안의 기나긴 통로를 향해 걸었다.

서윤과 조각 생명체들이 따라오려고 했지만 페어리들에게 저지당했다.

－멈춰요! 요정계는 허락된 자만이 갈 수 있어요.

"음머어어어!"

"골골. 여기서 기다리겠다."

누렁이와 금인이는 즉시 제자리에서 멈추면서 크게 환영했다.

위드가 어딘가를 간다 하면 가슴이 조마조마했던 적이 한두 번이 아닌 것.

최근에는 특히 함께 사냥을 다니다 보니 심하게 혹사를 당해서 쉬고 싶었다.

서윤은 아쉽고 걱정 가득한 눈빛을 보냈다.

"조심하세요."

"아무 일 없을 거야. 걱정하지 말고 안전한 이곳에서 기다려 줘."

위드는 서윤의 손을 잡았다. 얼굴이 맞닿을 정도로 가까운 거리에서 서로에게 뜨거운 눈빛을 보냈다.

"금방 다시 오겠죠?"

"물론이야. 우린 꼭 다시 함께할 수 있을 거야."

"그래도……."

"나를 믿어 줘. 1시간 안에 오도록 할게."

누렁이가 큰 눈을 끔벅거렸다.

"인간이란 참 이상하다. 음머어어어."

금인이도 동의한다는 듯이 고개를 끄덕였다.

"잠깐 떨어지는 건데 별짓을 다 한다. 꼴꼴꼴."

위드는 서윤을 달래 놓고 안내하는 페어리의 뒤를 따라갔다.

깊은 통로를 통해 지하로 계속 내려간다.

페어리의 날개에서부터 신비로운 금빛 가루들이 땅으로 떨어져서 빛났다. 동굴의 천장과 벽도 연달아 눈부신 빛을 냈다.

─놀라지 마세요. 그냥 멈추지 말고 따라오세요.

페어리가 정중하게 말했다. 그녀의 목소리가 동굴 속에서 묵직하게 울렸다.

"지하로 한참 내려가야 됩니까?"

─아뇨. 요정계로 이동하는 데 위치는 어디든 상관없어요.

"그러면 왜 가는 겁니까?"

─처음이니까 이래야 뭔가 있어 보이잖아요?

역시 장난기가 넘치는 페어리.

위드는 금빛 가루들을 밟으면서 걸었다.

분명히 동굴 안인데 시원한 바람이 얼굴을 스쳐 지나간다는 느낌이 들었다.

파앗!

밝은 빛이 일어나더니 어느새 푸른 숲과 샘이 있는 장소에 도착했다.

"으음."

밝고 신비로운 광경.

하늘에는 무지개들이 셀 수도 없이 많았으며, 크고 작은 벌이나 나비를 탄 페어리들이 날아다니고 있었다.

'이건 가히… 시골의 불나방과 비슷하지 않은가.'

띠링!

─요정계에 도착하였습니다.

모험 역사에 새로운 여정을 추가하였습니다.
요정계에 찾아온 인간 방문자로서 행운이 31 증가합니다.
요정들은 천진난만한 어린아이와 같지만 악인에 대한 경계가 유난히 심합니다.
나쁜 짓을 저지른 악인의 상태에서 요정계에 들어온다면 심각한 공격을 당하게 될 것입니다.

"요정계가 이렇게 생겼군."

위드는 주변을 둘러보고 나서 대략 견적을 뽑았다.

평화로워 보이는 세상.

발전한 도시는 없고, 페어리를 비롯한 여러 종족의 작은 요정들이 꽃이나 나무에서 살아가고 있는 것 같았다.

요정은 베르사 대륙에도 있었다.

유저들이 선택할 수도 있었는데, 오래전에 요정으로부터 전해진 힘이나 혈통을 가진 마을에서 시작을 하는 방식이었다.

실제로 직접 요정계에 와 본 유저는 페트와 위드 단둘뿐이었다. 페어리들과 친해지기란 대단히 어려운 일이라서 앞으로도 요정계에 많은 유저들이 방문하기는 어려울 것이다.

요정의 샘에서 쉬고 있던 페어리들이 위드에게로 날아왔다.

-손님이다, 손님.

-어떻게 괴롭혀 줄까?

-꺄르륵, 장난을 쳐야 돼. 밤새도록 재우지 않을 거야.

까불거리는 페어리들.

그렇지만 곧 위드에게 맑은 구슬을 주었다.

-여왕님이 그대에게 고마워하고 있어.

-이걸 받아. 가지고 있으면 좋은 일이 벌어질 거야.

-자연을 좋아하는 그대는 우리 요정들의 친구. 참고로 정령들도 그대를 좋아해.

-페어리들이 선물을 주었습니다.
신비한 클로버.
소유하고 있으면 행운을 3만큼 올려 주며, 전투 중에 생긴 불행한 일을
막아 주고 소모됩니다.

-페어리가 기뻐합니다.
찰나의 에너지가 29 많아집니다.

"고맙다."

위드는 무뚝뚝하게 말하며 요정의 샘으로 다가갔다. 이들
의 수다를 들어 주다 보면 끝이 없기 때문이었다.

띠링!

-요정의 샘을 발견하셨습니다.
위대한 모험의 여정에 새로운 발견물을 추가합니다.
통찰력이 3 증가합니다.
술집에서 모험을 자랑할 수 있습니다. 믿는 사람들에게는 높은 친밀도를
얻게 됩니다.
발견물을 보고할 시에는 보상으로 높은 명성과 돈을 받을 수 있을 것입
니다.

요정의 샘에는 여러 요정들이 헤엄을 치거나, 물속에서 잠
을 자며 가라앉아 있었다.

페어리 외에도 머리에 뿔이 나 있는 희귀한 종족, 꼬마 아
이의 모습을 한 작은 요정들도 눈에 띄었다.

"이 광경은 파리들이 죽은 것 같군."

햇빛이 비치는 요정의 샘!

빛의 알갱이들이 수증기처럼 아름답게 일렁이고 있었지만 감수성이 메마른 위드에게는 고작 그 정도의 감상뿐!

위드는 요정들이 닿지 않도록 조심하며 샘에 손을 넣었다.

"으음, 온도는 딱 미지근하게 따뜻하군."

가까이에서 한가롭게 물장난을 치던 요정들이 난리법석을 피웠다.

ㅡ더, 더러워.

ㅡ물이 시커메졌다!

요정들의 호들갑이야 익숙한 일.

위드는 손바닥으로 물을 떠서 마셨다.

노가다를 하루 종일 하고 나서 냉장고에 보관되어 있던 이온 음료를 마실 때처럼 시원한 청량감!

띠링!

ㅡ요정의 샘의 물을 마셨습니다.

세상의 중심에서부터 솟구치는 샘.
요정들이 노는 이곳의 물은 자연의 생명력을 듬뿍 담고 있습니다.

지치고 피곤한 육체에 활력이 증가합니다.
신체의 피로가 100% 회복되었습니다.
깊은 수면과 휴양의 시간을 보낸 것처럼 육체와 정신력이 완전한 상태가 되었습니다.

생명력의 최대치가 13,980만큼 높아지게 됩니다.
마나의 최대치가 6,500만큼 높아지게 됩니다.
모든 스텟이 영구적으로 12씩 늘어납니다.
지식과 지혜가 10씩 증가합니다.
매력이 59 높아집니다.
육체적인 활발함으로 인하여 습득할 수 있는 경험치와 기술 숙련도의 향
상 속도가 3% 빨라집니다.
자연과의 친화력이 61 증가합니다.

완벽한 신체 회복에 능력치 증가까지!

위드의 빈약하기 짝이 없던 생명력도 드디어 7만을 넘어
섰다.

워리어라면 레벨 200대 중반에도 넘어설 수 있는 수준이
었지만 이만하면 예술 계열 직업에서는 기적과도 같은 단계.

위드는 요정들의 눈치를 보며 샘의 물을 한 모금 더 마셨
다.

꿀꺽.

─갈증이 완전히 해소됩니다.
생명력의 최대치가 일주일간 5,400만큼 증가합니다.

샘의 물이 가진 생명력이 아직도 약간의 영향을 주었다.

한 모금으로는 최대의 효과를 발휘하기에 모자랐던 모양
이다.

"에헴."

꿀꺽. 꿀꺽. 꿀꺽. 꿀꺽.

-더러워. 샘에 입을 대고 마시다니.

-으악! 인간이 물을 다 마시고 있어!

-큰일 났어. 머리를 감으려고 하는 것 같아!

웅성웅성.

중앙 대륙과 북부 대륙, 동쪽의 로자임 왕국과 세라보그 성 그리고 그 너머 오크들의 성채에서까지 주민들이 이야기를 하기 시작했다.

"요정에 대해 알고 있는가? 얼뜨기 모험가들은 결코 만나지 못하는 한없이 신비롭고 특별한 존재들이라네. 이번에 위드라는 대모험가가 여왕의 부름을 받고 여러 가지 어려운 일들을 해결해 주었다는군."

"이미 들었겠지? 위드라는 모험가는 진정 이 대륙을 위해서 꼭 필요한 사람인 게야. 무척 바쁠 텐데 페어리들의 요청까지 언제 해결했는지 몰라."

"내 고민거리도 위드처럼 뛰어난 사람이 해결해 주면 좋으련만. 쉿. 누구에게도 말하지 않았는데, 아주 뛰어난 모험가가 오면 맡길 만한 일을 하나 알고 있다네. 자네에게는 절대 무리겠지."

"쯧쯧, 검을 차고 다닌다고 해서 다 똑같은가. 내 자식은 위드라는 모험가처럼 키울 거야. 물론 힘들고 어렵겠지만 내 자식은 꼭 해낼 수 있을 거야. 그러자면 먼저 술과 도박부터 끊게 만들어야 되겠지만."

"취이익, 위드 인간 대장. 놀랍다. 무섭다, 취췩!"

베르사 대륙의 모든 유저들이 도시에 오면 귀가 따갑게 위드의 무용담을 듣게 되었다.

"조각술과 관련되어서 사막의 대제 퀘스트를 진행한 지 얼마 되지도 않았잖아?"

"그러게 말이야. 하벤 제국을 상대로 전쟁도 했는데."

"역시 전설의 노가다꾼이란 소문이 사실이었던 것일까."

유저들에게는 부러움과 시샘이 한꺼번에 생기게 될 수밖에 없었다.

아르펜 왕국의 국왕이라는 실질적인 직책에 최고의 모험가라는 명예는, 가히 권력과 영광을 동시에 가지고 있는 것과 마찬가지였으므로!

-저기… 인간아, 부탁이 있는데. 좀 어려운 일이야. 몇 가지 부탁을 들어주면 인간들이 정말 좋아하는 보물이 있는 장소를 알려 주지. 아직도 보물이 남아 있다면 네가 가져도 돼.

"싫어."

－호기심 많은 이들을 자극할 만한 이야기를 알고 있는데. 영웅이나 악마에 대한 이야기를 듣고 싶지?

"관심 없다."

－나와 조금만 놀아 주면 솔깃한 이야기를 들려주지. 어때?

"나는 원래 혼자 놀아."

요정들이 다가와서 위드에게 말을 건넸다.

친밀도를 가지지 않더라도 요정들은 장난을 치기 위해서라도 접근한다.

요정계에서 퀘스트를 받아서 진행하는 일도 흥미는 있었지만 아직 이 지역에 대해 아는 바가 전혀 없으니 관두기로 했다.

퀘스트 보상이 높은 몬스터 퇴치 같은 부탁만 받으면 행운이지만, 반면에 어렵지 않은 것 같아서 받아들였더니 터무니없이 규모가 커질 수도 있다.

명성이 워낙에 높다 보니 의뢰 수행에 있어서도 굉장히 조심해야 했다.

위드는 자신의 오른쪽 어깨에 드러누운 요정을 향해 질문을 던졌다.

"요정계는 얼마나 넓지?"

－결국 우리와 놀아 주려는 거구나? 인간들의 기준으로 어

마어마하게 넓어!

"음, 아르펜 왕국을 알아?"

－알아! 거지들이 많은 곳.

"거, 거기보다 넓어?"

－천만 배쯤? 아니, 천억 배쯤 넓어!

"……."

위드는 조금 의심스러웠다.

누구의 말이든 곧이곧대로 믿어서는 안 되는 게 사회다. 더불어 장난꾸러기 요정들의 말이라면 더할 나위 없다.

"산은 몇 개나 있어?"

－100개쯤? 아니, 200개?

－바보야! 500개도 넘어!

"호수는?"

－50개는 안 될 거야.

－맞아, 맞아.

"강은?"

－20개쯤 되려나?

－아냐. 5개일 거야.

베르사 대륙보다 넓다는 건 과장이 분명했다. 그래도 요정 계도 대륙처럼 구성되어 있는 모양이었다.

'하기야 손톱보다 작은 요정들에게 물어보는 건 애초부터 무리였겠지.'

위드가 서 있는 곳은 숲이었지만, 그 너머에는 멀리 비정상적으로 높은 산맥들도 보인다.

"그렇다면 퀘스트는 차차 이곳에 대해 조금 더 알게 된 이후에나 기회를 노려 보도록 해야지. 음, 좋은 사냥터가 있으면 자주 올 텐데."

한없이 평화로워 보이는 요정계이니 별다른 사냥터가 없을 수도 있지만 또 숨겨진 마수가 어딘가에 있을 가능성은 충분했다.

혹은 정상적인 신수라고 해도 다른 사람의 눈에만 띄지 않는다면 그대로 쓱싹!

"흠, 그럼 원래 세상으로 가 볼까."

위드는 몸을 돌려서 떠나려고 했다.

–가지 마. 가지 마.

–우리랑 놀자. 놀지 않으면 놀릴 거야?

요정들이 붙잡는 것을 무시하고 가려고 했지만 불현듯 든 생각에 그 자리에 멈춰야 했다.

"여기까지 어떻게 왔는데 그냥 갈 수는 없지. 기념으로 물이라도 약간 떠 가도록 할까."

위드는 배낭에서 수통을 꺼내더니 요정의 샘의 물을 듬뿍 담았다.

신비한 생명력이 가득한 물이 초보용 나무 수통으로 꼴깍대며 들어가고 있었다.

"어디 볼까. 감정!"

"역시 기념이니까. 조금 더 챙겨 가야지."

위드는 그런 식으로 수통을 5개나 가득 채웠다.

ー이제 가려나 봐.

ー인간이 빨리 갔으면 좋겠어.

ー어떻게 해. 샘의 귀중한 물이 줄어들어 버린 것 같아!

요정들이 지켜보며 호들갑을 떨어 댔다.

실제로 샘의 물은 중앙에서 계속 솟구치고 있었기에 수위
가 줄어들진 않았다. 하지만 요정들은 장난기로 떠들고 있
었다.

이윽고 요정들은 두 눈을 크게 뜨며 경악을 금치 못했다.

ー맙소사.

ー저 인간… 지금…….

ー흙을 파서 굽는데. 저게 뭐야?

ー본 적이 있어. 저건 인간들이 항아리라고 부르는 물건이
야.

기념수를 넘어서 물장사를 하기 위해 위드는 즉석에서 항

아리를 제조하고 있었다.

　서윤과 조각 생명체들은 위드가 돌아오기를 기다리고 있
었다.
　"부디 아무 일이 없어야 할 텐데."
　"음머어어, 절대 안 죽을 거다. 내 가죽보다 질긴 인간이
다."
　바하모르그도 한마디 했다.
　"약한 인간은 아니더군."
　상당한 시간이 흐르고 나서 위드가 돌아왔다.
　물장수처럼 등에는 지게를 메고 양팔에는 2개의 큰 항아
리를 달고 있었다.
　"무사히 다녀왔어요?"
　"응. 한몫 챙겨 왔어."
　위드는 샘물을 가져오면서 요정계의 다양한 요정들에게
그다지 좋지 않은 첫인상을 만들었으며, 친밀도 역시 제법
하락했다.
　-아무튼 인간들이란…….
　-인간들이 요정계에 많이 오지 않았으면 좋겠어. 인간들
이 많아지면 곤란해질 거야.

비난을 무릅쓰고 챙겨 온 요정의 샘물.

인간 망신은 다 시켰다. 조금 더 떠 왔다면 요정들의 태도가 적대적으로 변하였을 것이다.

그런데 원래의 세계로 돌아오고 나니 메시지 창이 떴다.

띠링!

-보유하고 있는 요정의 샘물에서 생명력의 원천이 빠져나가고 있습니다.
 요정의 샘물의 효과가 감소합니다.

위드는 깊은 한숨을 내쉬었다.

"에휴, 그러면 그렇지."

특별한 효능 때문에 멀쩡한 상태로 팔 수만 있다면 부르는 게 값인 아이템!

하지만 약은 약사에게라는 말처럼 어디까지나 요정계에서 마셔야 제대로 효과를 보는 모양이었다.

위드가 수통을 들었다.

"감정!"

요정의 샘물

세상의 중심에서부터 솟구치는 샘물.
진하게 모여 있던 자연의 생명력이 빠르게 흩어지고 있음.
현재의 농도 54%.

"이건 뭐, 금방 불량 식품이 되겠잖아."

성수나 일시적으로 힘이나 활력을 증가시켜 주는 포션류
의 경우에는 약간의 농도 차이에도 효과가 크게 달라진다.

위드는 서윤에게 수통을 건넸다.

"어서 마셔 봐. 요정계에서 가져온 귀한 물이야."

"고마워요."

서윤은 머리카락을 걷고는 수통의 물을 마셨다.

"효과는 어때?"

"최대 생명력이 2,300 정도 늘었어요. 스텟도 전부 하나씩
요."

"음, 요정계에 있을 때보다 효과는 상당히 줄어들었지만
몸에 해롭거나 죽진 않는군."

"……."

임상 실험 완료!

위드는 조각 생명체들에게도 샘물을 나눠 주었다.

서윤이야 당연히 중요하지만, 조각 생명체들의 중요성도
그에 못지않았다. 조각 생명체들은 죽으면 그걸로 끝이기 때
문에 더욱 아껴야 했다.

"항아리 하나는 여기에 없는 녀석들에게 먹이도록 하고,
나머지는 팔아야지."

위드가 챙겨야 할 조각 생명체만 해도 47마리나 되었다.

요정의 샘물의 판매는 마판에게 귓속말을 보내는 것으로
간단히 처리했다.

─최대 생명력과 마나양, 스텟까지 높여 주는 좋은 상품이 있는데…….

─웃! 양이 얼마나 됩니까?

─지금은 한 30명분?

─효과는요?

─지금은 성기사들이 축복받은 물을 마실 때와 비슷한 정도요. 시간이 지날수록 효과가 떨어지는 것 같으니 신속한 처분이 필요합니다.

─즉시 호구들을 알아보도록 하겠습니다. 참, 위드 님의 모험 성공에 대한 이야기가 마을마다 자자합니다. 축하드립니다.

─흐흐흐.

은밀하면서도 신속한 대화.

광장에서 직접 고객들을 찾는 건 시간도 오래 걸릴뿐더러 현장 판매의 특성상 가격도 비싸게 받기 힘들다.

마판의 인맥을 통해서 제대로 가격을 지불할 수 있는 고레 벨 유저들에게 직접 파는 것이 좋았다.

그리고 위드는 불과 1시간 만에 2백만 골드를 넘게 벌어들였다.

요정의 샘물이 늘려 주는 혜택은 기가 막힌 것이었지만 효과가 떨어졌다는 점 때문에 어쩔 수 없었다.

"그래도 물장사야말로 마진이 좋단 말이야."

위드는 샘물을 처분하고 난 뒤에 얻은 돈을 세며 만족스러워했다.

1달의 기한 안에 드래곤을 만나야 했지만 당장은 테네이돈의 일이 마무리가 되었다.

위드는 앞으로 갈 곳을 결정했다.

"중앙 대륙으로 가야지."

하벤 제국이 자리 잡고 있는 영토.

이제부턴 그곳에 가서 난장판을 만들어 줄 작정이었다.

나쁜 짓을 할 생각에 벌써부터 졸음이 싹 달아나고 두뇌 회전이 빨라졌다.

습격의 날

위드는 과거 톨렌 왕국의 영토였던 포르모스 성에 혼자 도
착했다.

현지 분위기 파악과 정탐을 위해 조각 생명체들과 서윤은
함께 오지 않았다.

"여전히 사람들은 많군."

성문에서부터 교역을 위해 돌아다니는 유저들과 주민들이
아주 많이 있었다.

최근 1년 사이에 초보자들은 북부에서 많이 시작을 하게
되었다. 그럼에도 중앙 대륙의 인구에는 현저히 미치지 못할
정도였다.

로열 로드의 초창기부터 사람들은 꾸준히 중앙 대륙에서

시작을 해 왔다.

그들이야말로 무시할 수 없는 세금 납부자들!

"아르펜 왕국에도 이런 성이 있으면 좋을 텐데. 현실은 그나마 가지고 있는 영토마저 빼앗기고 있으니 원."

위드는 사람들이 오가는 성문 근처를 둘러보다가 안으로 들어가려고 했다. 그런데 하벤 제국군의 병사들이 창을 들고 가로막았다.

'설마.'

위드는 속으로 아차 싶었다.

'아르펜 왕국의 존엄한 국왕인 나를 알아보는 것인가.'

성문 앞에서 잡담을 나누며 서 있던 헤르메스 길드 유저들도 그가 있는 곳으로 고개를 돌리는 것이었다.

'들켰다.'

방송을 통해 수십 차례나 알려졌을 뿐만 아니라, 엄청난 모험을 하면서 명성까지 드높아져 있다.

바드레이를 제외하고 가장 인지도가 높은 사람이 위드.

'조각 변신술도 쓰지 않고 혼자 왔다고 해서 병사들과 헤르메스 길드 유저들이 몰라보길 바라는 것은 너무 큰 욕심이었구나.'

위드가 자책하면서 도망칠 길을 찾기 위해 주변을 둘러보고 있을 때였다.

병사가 말했다.

"성 입장료."

"예?"

"일주일에 2골드다."

"……."

아무리 방송을 통해 알려졌다고 해도 여신의 기사 갑옷이나 레드 스타를 들고 있지 않는 한 사람들이 잘 알아보지 못했다.

특히 가르마만 반대쪽으로 타더라도 완벽한 위장이 되는 평범한 얼굴!

대단한 인물들은 온몸에서 카리스마나 위엄, 후광이 비친다고 하지만 위드는 그런 게 전혀 없었다. 금방이라도 편의점 창고에 물건을 쌓아 놓거나 택배를 배달할 것만 같은 자연스러운 분위기가 뿜어져 나왔다.

위드는 잠시 침묵하다가 말했다.

"저기, 할인은……."

"안 돼."

성문을 지키는 병사들은 NPC였다.

위드는 그에게 다가가서 귓가에 속삭였다.

"제가 사실 좀 유명한 모험가인데. 직위도 좀 높은 편이고 말입니다."

"입장료를 내놓지 않으면 들어갈 수 없다."

"딱 하루만 있을 건데요."

"예외는 없다."

위드는 어쩔 수 없이 2골드를 고스란히 상납해야 했다.

'헤르메스 길드, 모조리 죽여 주마!'

포르모스 성은 자유도시들이 몰려 있는 옛 브리튼 연합 지역으로 넘어갈 수 있는 교통의 요충지일 뿐만 아니라 하이네프 산악지대와도 가까웠다.

소위 1급 던전들이 쌓여 있는 천혜의 사냥터가 몰려 있는 축복받은 지역.

던전들이 가깝기도 할뿐더러 몬스터들이 다수 나오며, 이 지역의 특성상 전리품으로는 금괴와 마정석을 얻을 수도 있어서 고레벨 유저들이 많이 몰렸다.

"반란군이 성 밖 마을을 점령했다는데 무사했으면 좋겠군."

"전쟁이야, 전쟁. 이 끝없는 전쟁으로부터 우리를 구해 줄 용사는 어디 있을까?"

위드는 성을 돌아다니면서 주민들과 대화를 나누었다.

주민들과 이야기만 하더라도 대략적인 민심을 추측할 수가 있다. 주민들의 성향에 따라서 반란군 퀘스트들이 발생하기도 할 테니 매우 중요한 부분이었다.

위드는 잡화점에 가서 주인에게 말을 걸었다.

"좋은 물건이 많군요. 장사는 잘되십니까?"

"뭐, 최악이지. 전쟁이 끝나서 호황이 찾아올까 했더니 물건들도 잘 팔리지 않고, 지금은 죽지 못해서 사는 거라오."

"하벤 제국을 싫어하는 사람이 많나 보죠?"

"다 그렇지. 톨렌 왕국 시절에는 지금 같지는 않았는데… 쉿! 내가 이런 말을 했다는 건 누구에게도 알려 줘서는 안 되오. 제국을 비난하기만 해도 단두대로 끌고 간다는 소문이 있으니. 요즘 같은 시기에는 몸조심하는 게 제일이야."

길거리의 노인에게도 말을 걸었다.

"어르신, 하벤 제국에 대해서 물을 게 있는데요."

"아무것도 묻지 마시오. 난 귀도 안 들리고 눈도 보이지 않소. 그냥 이런 세상에서는 아무것도 보지 않고 듣지 않고 사는 게 제일 편해. 내가 조금만 젊었더라도 나무창이라도 들고 저놈들과 싸워 보겠지만 지금은 죽을 날만 기다리는 힘없는 노인이지."

길거리의 아이들과도 대화를 나눴다.

"얘들아, 커서 뭐가 되고 싶니?"

"검술을 열심히 갈고닦아서… 반란군요!"

확실히 밑바닥 인심은 최악!

'반란군이 일어나면서 헤르메스 길드가 고생을 하고 있다더니… 확실히 그렇군.'

위드는 게시판과 방송국에서 떠들어 댔던 이야기가 사실

임을 확인했다.

하벤 제국의 통치 방식이 워낙 주민들을 핍박하는 것이다 보니 충성도와 치안이 바닥까지 내려가며 한꺼번에 반란이 일어났다.

제국의 상황이 불안정해져서, 일어날 수 있는 반란은 몽땅 터지고 있는 것이다.

사실 톨렌 왕국은 통치 방법이나 권력 구조가 더욱 복잡하다. 흑사자 길드를 물리치는 와중에 얼굴마담으로 베덴 길드를 앞세우다 보니 일종의 자치령처럼 다스려지고 있었다.

베덴 길드는 톨렌 왕국을 지배하고 있으면서도 헤르메스 길드의 관리를 받아야 했다.

한밑천 챙기고 싶어도 헤르메스 길드에 이익의 상당 부분을 떼어 줘야 했으니 그만큼 더 혹독하게 유저들과 주민들에게 세금을 물렸다.

그로 인한 반발이 극심하게 일어나는 지역이 구 톨렌 왕국령 지역이었다.

칼라모르 왕국령 역시 하벤 제국이 처음 지배한 장소이기 때문에 극심한 수탈로 주민들의 삶이 피폐해져서 반란군이 심각할 지경이라는 이야기가 있었다.

'헤르메스 길드가 중앙 대륙을 정복하고 욕심을 부려서 곧 바로 북부로만 쳐들어오지 않았으면 상황이 훨씬 좋았을 텐데. 왜 그렇게 서둘렀는지 모르겠군. 아마 내가 조각술 최후의 비기를 얻는 퀘스트를 진행하는 걸 보며 배가 아팠던 것일까? 하기야 사람의 욕심이란 게 다 똑같긴 하지. 나라도 마찬가지였을 거야.'

대륙 각 지역에서 근간이 흔들리고는 있었지만 그럼에도 하벤 제국이 군사력으로는 어마어마했다.

"울고르 고원에서 헤르메스 길드의 지원을 받은 베덴 길드에 의해 반란군이 대패를 했대."

"또 졌어? 흑사자 길드에서는 대응책이 뭐야?"

"별거 있겠어? 정면에서는 안 되니까 잘 숨어 다니면서 반격을 하는 것이겠지."

선술집에서 유저들이 하는 최신 이야기도 귀담아들었다.

"음, 대충 알아보니 포르모스 성에는 3만 정도의 병력이 주둔하고 있군. 이 성을 점령할 것도 아니니까 나와는 상관이 없겠지만 말이야."

반란군이 워낙 설쳐 대고 있기에 주요 도시와 성마다 주둔군을 늘렸다고 하더니 정말이었다.

"헤르메스 길드 유저 숫자는… 성을 돌아다니는 사람들만 몇백 명쯤 될까?"

위드는 잠깐 동안 성을 돌아보고는 말았다.

베덴 길드와 헤르메스 길드 유저들이 점령군의 신분으로 으스대며 걸어 다니고 있었다.

성문 근처나 가게, 별장, 인근 던전에도 전투 실력이 뛰어난 유저들이 있을 테지만 그들의 숫자까지 계산할 필요는 없었다.

상세하게 머릿수를 세지 않아도 사고가 벌어지고 나면 금세 대대적으로 몰려들게 될 테니까.

헤르메스 길드의 유저들은 전투에 능숙하다. 그리고 레벨이 높은 유저들이 널려 있었다.

강한 무력을 상징하지만 한편으로는 더할 나위 없는 최고의 먹잇감이기도 하다.

"그곳에도 상당히 많겠지?"

포르모스 성 인근에서 가장 유명한 장소는 골드마인 던전.

제법 강한 몬스터들이 우글우글한 장소이기도 하지만, 이곳이 더 널리 알려지게 된 이유는 중앙 대륙에서 다섯 손가락 안에 꼽히는 금광이기도 했기 때문이다.

지하 생활을 하는 몬스터들을 퇴치하면 높은 확률로 금붙이, 금괴를 얻을 수 있을 뿐만 아니라 금맥을 발견해서 직접 파낼 수도 있다.

행운을 원하는 초보나 고레벨 유저나 할 것 없이 곡괭이를 반드시 챙겨 가는 던전이었다.

"어디든 먹잇감들이 널려 있군. 그럼 수확이나 하러 가 볼까?"

위드는 황금을 챙기기 위해 가벼운 걸음으로 움직였다. 하지만 지금부터 생겨나게 될 여파는 절대로 작을 수가 없었다.

골드마인 던전

대륙 최대의 황금 광산.

이곳에서 사냥이나 채광을 하고 싶다면 입장료를 납부해야
함.

입장 요금 : 광부 하루 10골드.

전투 계열 직업 하루 250골드.

특별 약정 : 12인 이상 단체, 혹은 일주일 이상의 장기 입장
시에는 10%의 요금 할인.

던전 내에서 1,000골드가 넘는 전리품과 황금을 획득하였을
경우에는 판매 금액의 25%의 추가 요금을 징수함.

외출 시에는 절반에 해당하는 입장료를 다시 지불.

하벤 제국

"날강도가 따로 없군."

위드는 던전 입구에 쓰인 표지판을 보며 잠시 머릿속으로
계산했다.

포르모스 성과는 가깝기도 하고, 대륙 전체에서 유명한
던전.

광부들이야 제쳐 놓고 전투 계열로만 따지더라도 1인당
250골드다.

하루에 입장객이 1,000명 정도라면 무려 25만 골드.

1달이면 750만 골드나 간단히 벌어들일 뿐만 아니라, 전리품과 채굴한 황금에도 소유권을 주장한다.

"이렇게 부러울 수가!"

위드의 온몸에 소름이 돋았다.

'던전 하나에 천만 골드도 가능하다.'

천문학적인 부는 이럴 때 쓰는 단어이리라.

'고작 하나. 대륙에서 이름 높은 곳이기는 하지만, 포르모스 성 주변의 던전들 중에도 괜찮은 곳들이 수십 개는 되는데.'

던전 입장료란 시설 투자나 운영비, 보수 비용도 전혀 들지 않는 노다지 사업.

이렇게 거둬들인 돈으로 고레벨 유저들을 길드원으로 거느리고 군사력을 증강하는 게 아니겠는가.

"역시 이놈의 사회는 썩을 만큼 썩었어!"

위드는 매우 기분이 나빴다.

자신이 이렇게 해 먹지 못하고 있으니 그 더러운 기분이야 이루 말할 수 없었다.

민심이 위드와 아르펜 왕국을 지지하고 있다.

북부를 낙원으로 여기고 헤르메스 길드에 맞서 함께 기꺼이 싸워 주는 이유가 다 있었던 것이다.

위드의 배가 상한 치킨을 먹었을 때처럼 살살 아파 오는 신호가 왔다.

설상가상으로 골드마인 던전 앞에는 줄이 길게 늘어서 있었다.

　"몽크가 직업 구해요. 2차 전직에서 빛의 계열을 선택해서 간단한 치료 마법도 사용 가능. 단, 서로 고생하기 원치 않으니 전문적인 사제가 있는 파티에만 가입합니다."

　"성기사 레벨 390대의 3명이 함께 활동할 수 있는 중규모 이상 파티 원합니다. 연차를 전부 질러서, 일주일 이상 사냥에 푹 빠지고 싶습니다."

　"날다람쥐보다 빠른 호칭을 가진 샤먼. 긴말 안 합니다. 파티 가입해 드릴 테니 지분율 먼저 제시요!"

　던전이 워낙 사람들에게 인기를 끌다 보니 도시와 성에서 먼저 파티를 구해서 오는 게 아니라 즉석에서 구한다. 혹은 미리 약속을 잡고 던전 입구에서 바로 모여서 들어갔다.

　전리품과 보급품을 매매하기 위해 구석에서는 상인들도 좌판을 열고 있으니 작은 시장이나 다름없었다.

　최적의 파티를 구성해서 가면 골드마인 던전 같은 곳에서는 레벨과 전리품들을 무섭게 획득할 수가 있었다.

　그렇기 때문에 이 지역에서 나름 이름이 알려진 유저들이 여기저기서 초대를 받으며 파티에 속했다.

　"사제님, 오세요!"

　"이쪽이에요, 이쪽. 지난번에 란들과 사냥하셨잖아요! 이번에도 전리품 얻으면 더 챙겨 드릴게요!"

사제의 직업을 가진 유저가 오면 너도나도 할 것 없이 파티에 가입 권유를 해 댔다. 목숨을 잃으면 손실이 너무 커서, 파티의 생존력과 안정성을 높이기 위해 2명 이상의 고급 사제를 원하는 것이다.

가끔 베덴 길드와 헤르메스 길드의 유저들이 사람들 사이를 지나쳐서 던전 내부로 들어갔다.

최신 고급 갑옷을 착용하고 말을 탄 채로 던전으로 들어가는 위풍당당한 모습들.

중앙 대륙의 정복자다운 위용이었다.

위드가 잠시 서 있으니 서윤과 바하모르그가 도착했다.

"오래 기다렸어요?"

"아니. 금방 왔어."

서윤이 가면 쓰고 있는 모습까지도 예뻐 보이는 현상!

그녀를 조각하면서 외모에 대해서는 빠짐없이 알고 있었으니 목소리만 들어도 충분히 아름답다는 느낌이 들었다.

연애 초기인 만큼 가끔 그녀의 머리 냄새까지도 향기롭다는 생각이 들 정도였다.

바하모르그도 어깨를 당당하게 폈다.

바바리안 워리어.

훤칠한 키, 밀도 있게 짜인 근육. 그 강렬한 존재감이란 보통이 아니었다.

던전 입구에서 사람들이 시선을 보냈지만, 정작 착용한 장비들을 처음 봐서 레벨이 얼마나 되는지는 몰랐다.

바하모르그의 레벨은 자그마치 562.

조각 생명체 중에서 황금새의 레벨이 지금은 더 높았지만, 전투형으로서는 최강자였다.

"이곳인가?"

"그래."

"전부 쓸어버리면 된다고 했지."

"맞아. 여러 말 할 것 없이 들어가자."

위드는 서윤과 바하모르그와 함께 던전 안으로 들어갔다.

> —골드마인 던전에 들어오셨습니다.
> 한때 이곳은 툴렌 왕실의 재정수입 중 3할을 차지할 정도로 많은 양의 황금이 채굴되는 광산이었습니다. 그러나 인간의 욕심에 의해 불행한 사건이 벌어진 이후 광부와 그의 가족들은 이곳에 갇혀 굶어 죽게 되었습니다.
> 누런 욕망이 대지의 악귀들을 불러오게 되어. 이 던전은 왕실 차원에서 폐쇄되었습니다.
> 그렇기에 던전에는 아직 캐내지 못한 황금이 아주 많습니다.
> 폐쇄된 던전의 지하로 내려간다면 그대가 볼 수 있는 것은 황금과 악귀들일 것입니다.

"3명이군. 이용 요금은 입구에서 봐서 알고 있겠지? 선불이다."

던전의 내부, 헤르메스 길드 유저 2명과 기사 20명이 입장료를 받고 있었다.

'역시 돈 받는 일은 베덴 길드에 맡겨 놓지 않았군. 헤르메스 길드는 참 꼼꼼하기도 하단 말이야.'

이름은 붉은색으로 떠 있었는데 데롤드, 추케.

어디선가 최근에 유저를 죽인 적이 있다는 뜻이었다.

베덴 길드와 헤르메스 길드 유저들 중에는 살인자가 아닌 이들이 드물었다.

여러 왕국들이 자리를 잡고 있던 과거에는 경비병과 기사가 두려워서 살인자의 상태로 도시로 들어오지 못했다. 하지만 하벤 제국의 세상이 된 이후로는 훈장처럼 살인자 상태를 드러내고 다녔다.

스릉!

위드는 검을 뽑아 들었다.

데몬 소드!

레벨 제한 440으로 공격력이 훌륭하며, 균형감이 좋았다. 몬스터들을 위축시키는 특성 때문에 실제 사냥 시 상당히 편했다.

위드가 서윤, 바하모르그와 함께 다가가는데도 헤르메스 길드 유저들은 웃었다.

"초짜들인가? 하루에도 몇 명씩 저렇게 긴장을 하며 오는지 모르겠군."

"골드마인 던전이 그만큼 유명하기 때문이지. 그런데 고작 3명으로 왔어? 이곳의 난이도에 대해 제대로 소문을 듣지 못했나? 뭐, 죽더라도 우리가 상관할 바는 아니지만 말이야."

위드의 평범한 레벨 300대가 착용하는 중급자용 복장을 보고는 자신들보다도 훨씬 약하다고 생각하고 있었다. 심지어 무기를 들었는데 경계도 하지 않았다.

위드는 데몬 소드를 그대로 휘둘렀다.

"쿠엑!"

헤르메스 길드의 데롤드를 베었다.

데몬 소드의 막강한 충격에 의해 땅을 구르면서 볼품없이 뒤로 밀려 나간 데롤드.

"갑자기 무슨 짓이냐. 이놈이 세상 무서운 줄을 모르고 공격해?"

"입장료를 받아먹으려면 목숨을 걸어야지!"

위드는 전면으로 걸어가면서 빛살처럼 빠르게 검을 휘둘렀다.

정확히 방어의 틈을 노리고, 수비와 공격 스킬을 사용할 기회도 주지 않았다.

퍼버버벅!

―살인유희자 데롤드가 사망하였습니다.
약자들을 죽이는 것을 즐기는 데롤드가 목숨을 잃었습니다.

추케가 소리를 질렀다.

"반역이다!"

톨렌 왕국을 정복하고 있는 헤르메스 길드의 입장에서는 반역이라고 생각할 수도 있는 문제. 그러나 바하모르그의 큰 도끼가 떨어지자 추케는 단숨에 목숨을 잃었다.

기본 조건 레벨 400이 넘는 헤르메스 길드의 유저들.

그러나 위드는 전투를 작정하면서 이미 조각 파괴술로 모든 스텟을 힘으로 몰아넣었다.

방심한 상대라면 몇 번의 공격으로 가볍게 해치울 수 있었고, 바하모르그라면 어떤 특별한 기술을 쓰지 않더라도 당연하다.

"아니, 저들이!"

"단장님과 부단장님의 복수를 하자."

"제국의 반역도들을 무찌르자!"

20인으로 구성된 기사단.

던전에 배치된 포르모스 성의 기사단이 뒤늦게 검을 뽑아 들고 덤벼들었다.

바하모르그가 크게 포효했다.

"어리석은 자들아, 모조리 꺾일지어다!"

무시무시한 워리어 스킬.

"분쇄의 돌풍!"

바하모르그는 철퇴와 도끼를 휘두르며 기사단 사이로 뛰어들었다.

"질 수 없지. 내 몫을 빼앗아 가던 건 헤스티거로 충분해."

"저도 맡을게요!"

위드와 서윤이 기사 1명씩을 제압하는 동안 바하모르그는 기사단을 단숨에 모조리 쓰러뜨렸다.

아르펜 제국의 선봉장이었던 바하모르그에게 포르모스 성의 기사단은 광역 공격 몇 번에 와해될 정도로 간단한 상대일 뿐이었다.

"으아."

"어어어어, 무슨 일이야. 말도 안 돼."

뒤늦게 던전의 입구로 들어온 사냥 파티는 벌어진 광경을 보며 입을 다물지 못했다.

이 정도 사건이라면 단순히 사과로 끝날 일이 아니었다.

감히 톨렌 왕국을 정복하고 있는 베덴 길드와 헤르메스 길드에 정면으로 도전하다니!

그들이 보는 사이에 위드는 전투를 마무리하고 전리품들을 챙겼다.

"기사의 목 보호대. 레벨 430 제한이 있는 물건으로 항상 인기가 있는 품목이니 쉽게 팔리겠군. 그리고… 후후후."

위드의 입가에 만족스러운 미소가 맺혔다.

이제 시작에 불과한데 무려 5만 8천 골드를 전리품으로 얻었다.

막대한 금액을 입장료로 받는 징수원들을 해치웠기 때문이다.

"영업 개시로는 훌륭하군. 역시 이곳은 현찰이 주유소 수준이었어! 바하모르그."

"왜 부르는가."

"어서 수금하러 가자."

위드는 바하모르그, 서윤과 같이 던전의 깊은 곳을 향해 뛰어 들어갔다.

장사는 게으름을 피워서는 안 되는 법!

던전으로 막 들어와서 충격적인 광경을 목격한 파티는 그대로 얼어붙어 있었다.

"저렇게 강한 게 말이 돼?"

"너무 빨라서 제대로 볼 수도 없었어."

그 뒤로 또 새로 들어온 파티가 있었다.

"뭐예요? 기사들이 왜 없죠?"

"여기 입장료 안 받나요?"

골드마인 던전의 대형 사고!

시작은 입구 주변에서부터였다.

베덴 길드 유저들은 던전에서 좋은 자리들을 선점하고 사냥하고 있었다. 그런 그들이 단 3명에게 습격을 당해서 목숨을 잃었다.

"크윽, 이런 가공할 힘이……."

"워리어를 조심해라. 터무니없이 강하다!"

그저 세 사람이 나타났을 뿐이다.

그들은 발소리도 숨기지 않고 저벅저벅 걸어왔다.

베덴 길드 유저들은 당연히 그들을 거들떠보지도 않았다.

헤르메스 길드 유저들의 사냥을 방해해서는 안 된다는 것은 중앙 대륙에서는 반드시 지켜야 할 불문율.

베덴 길드 유저들 역시 톨렌 왕국에서는 그 정도의 대우는 받는다. 그렇기 때문에 사람들이 무기를 들고 가까이 접근할 때까지도 관심이 없었다.

베덴 길드에 속해 있다는 점은 대단한 자부심일뿐더러, 스스로의 실력에 대해 확신도 가졌다.

다른 유저들이 덤벼드는 일 따위는, 보복이 두려워서라도 절대 벌어질 수 없다고 생각했다.

그러나 위드는 일단 일을 저지르기로 했으면 확실하게 끝장을 봤다.

불과 10여 분 사이에 베덴 길드와 헤르메스 길드의 사냥 파티 네 곳이 전멸했다.

"으아아아!"

"진짜야? 겁도 없어?"

던전에서 마주친 유저들은 헤르메스 길드 유저를 사냥하는 걸 보며 경악을 금치 못하였다.

"어엇, 우리도 공격하려나?"

위드는 유저들을 위아래로 훑어보았다.

최첨단 컴퓨터처럼 유저들의 레벨과 착용한 장비들의 가격이 순식간에 계산되었다.

"흠, 일반인이군. 탐나기는 하지만… 골목 시장은 건드려서는 안 되니까."

위드와 바하모르그, 서윤은 일을 마무리 짓자마자 속전속결을 위해 계속 이동했다.

던전의 내부, 지형이 복잡하기 이를 데 없었지만 이미 지도를 외워 놓고 있었다.

두 길드의 사냥 파티가 있을 장소들은 가장 좋은 자리들이었으니 찾아가기만 하면 되었다.

"바하모르그, 다음에도 마법사부터."

"알겠다."

갑작스러운 습격의 반복.

대부분의 파티들은 마법사가 목숨을 먼저 잃고 나서 당황하는 사이에 격파되었다.

바하모르그는 협소한 던전에서는 막기 불가능할 정도의 강자!

위드와 서윤 역시 헤르메스 길드 유저들을 빠르게 쓰러뜨렸다.

하나의 파티를 처리하는 동안에 다른 헤르메스 길드의 파티가 나타나면 곤란하기 짝이 없다.

대부분의 파티들은 사냥의 효율성을 위하여 사제나 마법사, 기사의 구성으로 공격과 방어를 균형 있게 갖추고 있었다.

위드는 고전적으로 공격과 방어를 최대한 발휘하면서 정공법으로 싸우지 않았다. 각 개인들이 스스로 자기 몫을 다하면서 공격과 방어, 어느 한쪽의 틀을 허물어 버리면 파티는 단숨에 궤멸했다.

때때로 피해를 감수하는 과감함이 싸움의 틀을 흔들어 버리는 것이다.

"의외로 싸울 줄을 잘 모르는군. 온실 속에서 자란 화초 같은 것들인가."

전쟁으로 중앙 대륙을 정복한 헤르메스 길드라고 해도 사냥 중의 기습에 대한 대처가 완벽하지는 못했다.

그렇게 15분 정도가 지났을 무렵에는 골드마인 던전에 소문이 파다하게 났다.

－베덴 길드와 헤르메스 길드가 사냥당하고 있다!

던전에서 사냥에 열중하고 있던 헤르메스 길드의 유저들도 이 소식을 곧 접하게 되었다.

"어떤 놈들이지? 흑사자 길드에서 무모한 도발을 벌이는 것 같은데."

"어처구니가 없군. 이곳은 근처에 반란군도 없어. 완전히 우리 길드의 영역인데, 이런 짓을 하고도 무사할 거라 생각하나?"

"놈들을 먼저 없애자."

사냥을 하고 있던 헤르메스 길드의 파티들이 수색을 시작했다.

위드를 역으로 잡기 위해서였다.

"3명이면… 저놈들인가?"

"바바리안이 포함되어 있다. 틀림없다."

"쳇, 벌써 들켰군!"

위드의 파티와, 헤르메스 길드 파티 간에 전투가 벌어졌다.

시작은 3명과 7명의 불리한 조건이었다.

그러나 바하모르그가 앞으로 돌격하며 철퇴와 도끼로 2명의 기사를 대번에 무력화시키는 순간 숫자상의 우위 같은 건 사라졌다.

위드가 활을 들어서 마법사와 사제를 향해 화살을 쏘고, 서윤이 막강하고도 신들린 듯한 공격을 날린다.

광전사인 그녀는 유저들과의 전투가 이어지면서 전투 능력이 증가해 있었다.

위드는 무지막지한 힘으로 궁술만으로도 근거리에서 연약한 마법사 따위는 쉽게 목숨을 앗을 수 있었다.

최고의 워리어 바하모르그가 중심에서 돌파하는 3명의 파티!

각자가 1~2명 정도는 우습게 죽일 실력자들이니 전술 운용이나 전투 능력에서 차원이 다른 강함을 과시했다.

위드는 리더로서 바하모르그와 서윤을 지휘했다.

"놈들이 우리의 존재를 알아차렸군. 그렇다면 세빌과 게르니카를 불러오자."

세빌과 게르니카는 바하모르그와 함께 진작 소환되어 있었다.

위드가 바하모르그, 서윤과 던전 안으로 들어오고 난 이후에 그들은 따라 들어왔다.

약간의 거리를 두고 계속 뒤를 따르고 있었다.

예상 밖의 만일의 사태가 벌어지면 함께 싸우려고 했지만 지금까지는 일방적인 도살!

그렇지만 헤르메스 길드에서 자신들에 대해 알아차린 이상 그 둘이 동료로 가세했다.

곧 그 자리를 지나서 다른 베덴 길드 파티를 발견했다.

마법사만 3명, 도둑 1명, 전사와 워리어, 사제, 궁수, 기사로 구성된 파티였다.

골드마인 던전에는 몬스터들이 많이 나오는 편이라서 파티의 규모도 컸다.

베덴 길드 쪽에서 먼저 말을 걸어왔다.

"어이, 거기."

"예?"

"혹시 3명으로 된 애들 못 봤나? 우리 길드에 싸움을 걸고 다닌다고 하던데."

"그게 정말입니까?"

위드가 무슨 말이냐는 듯이 눈을 크게 떴다.

시장에서 흥정을 하기 위해서는 비싼 가격에 놀란 표정 정도는 예사로 지어 줘야 했다. 흥정에서는 알고도 모른 척 넘어가는 방식, 사회생활과 인간관계의 기본이라고 할 수 있었다.

그렇지만 베덴 길드 유저들은 정말 모른다는 뜻으로 받아들였다.

"입구 쪽에서 와서 물어본 건데 모르는 모양이네. 던전이 넓어서 못 보고 지나온 건가."

"우리까지 나설 필요가 있었을까? 그런 놈들 따위는 누군가가 진작 죽였겠지."

"그래도 꽤씸하잖아. 만약에 안 죽었다면 실력을 과시할 수도 있는 기회고. 운이 좋다면 놈들을 해치우고 쓸 만한 물품을 주울 수도 있겠지."

"너희, 이 앞으로 가서 모퉁이 사냥터는 차지하지 마. 거긴 우리 구역이니까."

위드는 대장장이 스킬 덕분에 이번에는 황토색의 발굴가 전용 갑옷을 착용하고 있었다. 세빌과 게르니카가 합류해서 인원이나 남녀 구성, 직업 부분에서 전혀 달라졌다.

"금방 다녀오자고. 확인만 해 보고 다시 사냥이나 하자."

"그러지 뭐. 내내 사냥만 하기 지겹던 참이었으니 돌아다녀 보기나 하지."

위드와 서윤의 파티와 베덴 길드 파티가 교차하며 지나쳤다. 골드마인 던전이 넓다고 해도 몇 미터 떨어지지 않은 가까운 거리였다.

위드는 손을 들어 코를 풀었다.

"푸엥!"

경박하기 짝이 없는 공격 신호.

세빌과 게르니카가 신속하게 덤벼들고, 바하모르그는 적들 중에서 기사와 워리어를 한꺼번에 맡았다.

위드와 서윤은 전사와 마법사들을 처리했다.

"습격……!"

"적은 이놈들이다!"

완벽한 기습인 만큼 싱거울 정도로 가볍게 끝났다.

베덴 길드 유저들은 채 전투준비를 갖추기도 전에 얻어터지다가 사망하고 말았다.

-레벨이 올랐습니다.

-지혜를 모두 나쁜 짓에 활용하는 마법사 할린을 처형했습니다.
 명예가 1 증가하였습니다.

-검술 스킬의 숙련도가 크게 증가했습니다.

"크흐흐흐."

위드는 괴소를 터트렸다.

"역시 사람을 상대로 하니 성장이 빠르군."

헤르메스 길드나 베덴 길드 유저들은 대부분이 살인자이거나 악명이 높아서 그들을 없앤다고 해도 페널티가 부여되지도 않는다.

많은 경험치와 훌륭한 전리품을 얻을 가능성도 더욱 높았다.

위드는 레벨 400대 이상이 쓸 수 있는 마법 스태프와 바람의 마법서까지도 얻었다.

판매한다면 수십만 골드 정도는 그냥 넘어 버리는 고급 아이템이었다. 모니터를 보면서 침만 삼키던 보물이 뜻하지 않게 들어온 것이다.

"정말 만족스러운 사냥터로군."

베덴 길드와 헤르메스 길드에서도 자신들의 정체에 대해 상세한 정보를 파악하고 있지 못하다는 점이 명확했다.

목숨을 잃었던 이들이 수단과 방법을 가리지 않고 연락을 취하게 될 건 틀림없었다. 그 자리에서 잠깐 구경했던 사람들도 어쩌면 일러바치게 될 것이다.

그러나 과연 지금 이 시점에서는 어디까지 상세하게 말할 수 있을 것인가.

시시콜콜한 자세한 묘사보다는 간단한 사람 숫자와 각자의 직업 정도나 서둘러 고자질하게 될 것이다. 그 정도로도 충분하다고 생각하기 쉬울 테니 말이다.

"잠깐 동안은 제대로 한탕 해 먹을 수 있겠어."

상대가 적을 제대로 알지 못하고 있다는 점만으로도 상당한 유리함이 있었다.

그렇다고 해서 계속 통할 수는 없는 방법!

위드는 이후로도 베덴 길드의 파티를 4개 더 전멸시켰다.

베덴 길드와 헤르메스 길드에서도 당하고 있지만은 않을 테니 구경꾼이 있거나 말거나 상관하지 않고 속전속결로 처리했다.

골드마인 던전에 있던 헤르메스 길드 유저들에게 비상이 걸렸다.

하픈 : 누군가 우리를 노리고 있다. 벌써 다수의 희생자가 발생했다. 베덴 길드의 친구에게 들은 바로는 그쪽은 이미 전멸했다는 소식이다.

조드러커 : 각 파티별로 전투를 대비해. 함부로 돌아다녀서는 안 된다. 적들은 상당한 실력자들로, 최소 3명에서 5명까지로 파악이 된다.

마로마스터 : 무조건 주의하라. 놈들의 신상에 대해서는 정확히 알려진 바가 없다. 만약 싸움이 벌어지면 수비를 위주로 하고 위치

를 알려서 지원군을 기다려라. 내가 직접 던전 순찰을 돌아서 놈들을 없애겠다.

던전 내부에 있던 레벨 460대의 유저들이 헤르메스 길드의 내부 통신망을 통해 경고했다.

갑작스럽게 벌어진 골드마인 던전의 사태는 길드 통신망을 통해서 멀리 있는 유저들도 관심을 갖고 지켜보게 되었다.

다른 길드라면 이런 사소한 도전이 자주 벌어질지도 모르지만, 헤르메스 길드에서는 굉장히 드문 일이었다.

'오늘은 재미있는 날이군. 하룻강아지처럼 덤벼든 녀석은 확실히 죽어 가겠지. 길드의 보복은 그걸로 끝나지 않고 척살령이 떨어지게 될 것이야.'

관전자의 입장에서는 무덤덤하게 결과를 기다릴 뿐이었다.

하픈 : 또 하나의 파티가 당했다. 절대 방심하지 마! 우린 헤르메스 길드다. 더 이상의 피해가 생겨서는 안 돼!

조드러커 : 놈들은 개개인이 아주 강하다. 죽은 자들의 보고에 의하면 바바리안 워리어야말로 일찍이 만나 본 적이 없을 정도로 강하다고 하니 주의해. 싸움이 벌어지면 이기려고 하지 말고 동료를 기다려.

이후로도 골드마인 던전에서는 헤르메스 길드 유저들이

계속 죽어 나갔다.

1시간 정도가 지났을 무렵에는 70여 명의 사망자가 발생했다.

골드마인 던전은 워낙 크고 유명한 곳이라서 사냥하던 유저들이 대략 100여 명에 달했다. 이미 7할에 가까운 피해가 생겨난 것이다.

또한 레벨이 470에 달하고 길드 내에서도 강자로 대접받는 마로마스터도 사망하는 사고가 벌어지고 말았다.

그는 전투가 벌어지자마자 길드 통신망을 통해 계속 보고했다.

마로마스터 : 놈들을 발견했다. 여자 1명과 바바리안 워리어. 1명은 악기를 들고 있는 바드이지만… 수상한 게, 건드려 보겠다. 비상사태이니만큼 한두 놈 정도는 그냥 죽여 봐야지.

마로마스터 : 전투가 벌어졌다. 이놈들이 맞다. 구경하고 싶은 이들이 있다면 동쪽 지하 3층 던전으로 와라.

마로마스터 : 이놈들, 믿을 수 없을 만큼 강하다. 개개인이 우리 쪽을 능가하는 것 같다. 벌써 2명이 사망, 나머지도 위태롭다.

마로마스터 : 우리도 저, 전멸이다.

마로마스터의 파티는 골드마인 던전에서 가장 강했다.

그의 죽음과 파티의 전멸은 헤르메스 길드에 큰 경각심을 안겨 주었다.

이대로 시간이 지나면 골드마인 던전의 모든 유저들이 사망할 판국이라 대외적으로 창피하기도 했으며 심상치 않은 위급 사태였다.

인근 던전들과 포르모스 성에 있는 헤르메스 길드의 유저들이 긴급 출동했다.

중앙 대륙이라서 순식간에 300명이 넘는 고레벨 유저들이 동원되었다.

"이럇!"

"전부 비켜라!"

일반 유저들이 눈을 휘둥그레 뜰 정도로 말을 타고 다급하게 달려가는 유저들.

하지만 그들이 도착했을 무렵에는 2개의 파티가 더 전멸했으며, 정작 범인들은 감쪽같이 빠져나가 버린 후였다.

"이런 곳을 지금까지 내버려 두었다니 어리석었구나. 마늘밭에 현금을 묻어 놓고 잊어버리는 것과 무엇이 다르단 말인가."

위드는 골드마인 던전을 쓸어버리고 나서 흐뭇하게 웃었다.

"역시 중앙 대륙이야말로 좋은 사냥터였어."

헤르메스 길드의 유저들 개개인의 실력은 그럭저럭 이름 값만큼 강했다. 하지만 막상 싸운다면 이야기는 달라진다.

위드와 서윤, 세빌, 게르니카, 바하모르그 전원이 순간적으로 틈을 비집고 들어간다.

워리어와 기사가 막더라도 일제 공격으로 무너뜨리거나 없는 빈틈을 만들어서라도 쇄도했다.

상대의 진형을 뒤죽박죽으로 헝클어 버리면서 당황하게 만들면 실력을 온전히 발휘하지 못하는 것이다.

바하모르그의 존재도 헤르메스 길드에는 상당한 불리함이었다.

눈부신 양손 공격으로 불과 10여 초도 되지 않아 맞붙은 적을 1명씩 없애 버리고 마법 공격 같은 것도 몸으로 막아 주는 철혈의 워리어!

헤스티거만큼은 아니었지만 가히 전쟁터에서나 대적할 방법을 찾을 수 있을 법한 강자라고 할 수 있었다.

"정말 유익한 곳이군."

위드는 골드마인 던전에서 모은 전리품들을 쌓아 놓고 감상했다.

불과 한나절 만에 최소 2백만 골드 이상의 수익을 올렸다.

"중앙 대륙은 아이템과 황금이 흐르는 곳이었어."

누런 황금들과, 레벨 420대 이상의 장비들과 소모품들이 쌓여 있었다. 그리고 잠시 후 상인이 도착했다.

위드와 상인은 암호를 교환했다.

"크헤헤헤헤."

"음헤헤헤헤."

"마판 상회?"

"위드 님을 뵙게 되어 영광입니다. 마판 님에게 일을 좀 배우고 있습니다."

마판 상회의 중앙 대륙 지부장!

마판 상회의 활동 범위는 아직 중앙 대륙까지 뻗어 있지는 못했다. 한때 중앙 대륙과의 교역도 진행했지만 대륙 봉쇄령이 떨어지고 나서 막히고 말았다.

그럼에도 돈을 위해서는 수단과 방법을 가리지 않는 상인 마판은 은밀하게 지부를 설립해 놓았다.

"이 물건들은……."

"마판 님에게 들어서 알고 있습니다. 판매 수익의 6할을 드리겠습니다."

"흠, 길게 따질 것 없이 그 정도라면 좋은 거래로군요."

위드도 흥정을 벌이지 않고 거래를 받아들였다.

어디까지나 중앙 대륙에서였고 장물 거래였기 때문에 마판 상회의 역할이 반드시 필요했다.

게다가 어서 이 무거운 물건을 처분해야 중앙 대륙의 곳곳에 갯벌 속 꼬막처럼 널려 있는 헤르메스 길드 유저들을 없애러 다닐 게 아닌가.

상인이 싱긋 웃었다.

"거래 대금은 편의상 북부에서 지급하는 것으로 하겠습니다. 이쪽에서는 물건을 처분하는 데 시간이 조금 걸리기도 하고, 중앙 대륙에서의 사업을 더 확장하라는 지침이 있었거든요."

"좋습니다. 마판 상회의 약속이니 믿지요."

"계속 거래가 가능할까요?"

"다음 거래는 오늘 저녁 정도로 하지요."

"후후후후."

"크크크큭."

위드와 상인은 만난 지 얼마 안 된 사이였음에도 불구하고 마음이 잘 맞았다.

은밀하게 저지르는 나쁜 짓이야말로 추억으로 남을 만한 짜릿함!

위드가 먼저 제안을 했다.

"그럼 앞으로의 원활한 거래를 위해서 친구 등록을 하겠습니다."

"영광입니다."

친구 등록을 마치고 나서 보니 상인의 이름은 '검은돈'이었다.

마판 상회에서는 중앙 대륙에도 욕심을 내고 있었다.

거상들이 즐비하였으며 헤르메스 길드에서 즉각 보복을 가할 수 있기에, 밀무역과 장물들을 위주로 해서 성장하고 있었다.

평범하게 성장하던 마판이지만, 위드를 만나고 나서 양심은 줄어들고 욕심은 끝없이 늘어나게 되었다.

위드는 전리품 거래를 마치자마자 서윤과 바하모르그 등을 데리고 다음 장소로 이동했다.

3명에서 5명으로 숫자를 늘리는 방식은 이미 한번 써먹었던 것이기 때문에 게르니카와 세빌도 함께했다.

> -아타로그 마굴에 들어오셨습니다.
> 이 마굴이야말로 톨렌 왕실이 감추고 싶어 했던 비밀이 숨겨져 있는 장소입니다.
> 어떤 비밀이 숨겨져 있는지는 몰라도 이 근방에서는 심심치 않게 실종 사건이 자주 벌어졌습니다.
> 현재는 톨렌 왕국이 멸망하고 말았지만 악령들이 남아 임무를 계속하고 있습니다.

아타로그 마굴은 톨렌 왕국의 흑마법 연구소였다.

흑마법사들은 마굴을 탐험할 때 좋은 게, 몬스터로부터 공격을 받지 않는다. 마굴 내의 시설들을 이용하여 마법 연구를 진행할 수도 있으며, 몇몇 특수한 기초 마법을 익힐 수 있었다.

예전에는 마굴 안에서 톨렌 왕국의 기사들, 경비병, 마법사들을 물리치면 고위 귀족을 만날 수 있었다고 한다.

귀족은 흑마법으로 저항을 하다가 위험에 빠지면 목숨을 살려 달라면서 상당한 양의 재물을 내놓는데, 거래를 받아들이는 건 자신의 결정에 달렸다.

재물을 얻고, 약간의 악명과 명예 스텟 하락을 감수할 수도 있었다.

혹은 재물을 거절한다면 다시 전투가 벌어진다.

"그럴 줄 알았다. 정의를 내세우는 인간들이 가장 혐오스럽지."

귀족은 더 위험한 흑마법을 사용하여 침입자와 싸운다.

승리를 한다면 상당히 높은 명예와 명성, 전투 스텟을 얻을 수 있어서 인기가 많은 마굴이었다.

설혹 최후의 보스까지 가지 않더라도 기사, 마법사 들을 해치우기만 해도 전리품이 짭짤하다. 주변 마을 주민들과의 친밀도도 적잖게 올릴 수 있었다.

그러나 역으로 귀족에게 당한다면 톨렌 왕실과의 적대도가 높아지기 때문에 페널티가 상당히 큰 장소.

톨렌 왕국의 멸망 이후에는 전부 악령들로 변해서 마굴의 난이도가 전반적으로 높아졌다.

워낙 인기 있던 사냥터라서 과거에는 흑사자 길드가 차지하다시피 했고, 지금은 베덴 길드가 양보하여 헤르메스 길드에서 독점하고 있었다.

입장료만 해도 무려 1천 골드를 납부해야 했다.

"그야말로 황금 알을 낳는 암탉이로구나."

위드는 들어가자마자 입장료를 받아 내는 헤르메스 길드 유저들을 공격했다.

"적이다!"

"그놈들이 여기에도 왔다!"

골드마인 던전에서 그리 멀지 않은 곳에 있는 마굴인 만큼 위드에 대한 소문이 파다하게 퍼져 있었다.

습격자가 위드라는 사실을 알지 못하고 있는 것은 당연히 평범한 외모 탓이 지대했다.

기본적으로 골드마인 던전과 아타로그 마굴은 지하인 만큼 어둡다. 전투가 벌어지면 자세한 얼굴의 윤곽을 보기도 어렵거니와, 위드는 평소에 착용하던 여신의 기사 갑옷을 아직 꺼내 입지 않고 있었다.

평범한 중급자용 갑옷을 입고 있는 것도 정체를 감추는 장치가 되었다.

골드마인 던전에서 헤르메스 길드를 사냥하기 시작한 지 2시간도 지나지 않은 무렵에 불과하기도 했다.

조각 변신술을 쓰면 완벽한 위장이 되겠지만 전투가 벌어지면 별 의미는 없다. 위드와 싸웠던 전투 영상을 헤르메스 길드에서 분석하기 시작한다면 정체를 알아차리는 것은 시간문제이기 때문이다.

입장료를 받던 헤르메스 길드의 4명은 금방 죽음의 위기에 몰렸다.

"어디서 온 놈들인지 몰라도 길드에서 가만있지 않을 것이다. 오늘 일을 평생 후회하게 만들어 줄 거다."

"후후후, 어서 돈을 내놔라!"

위드는 적들을 망설임 없이 베었다.

마법의 대륙에서 전쟁의 신으로 불리던 과감함이 되살아나고 있었다.

"황금, 황금이다."

물론 거기에는 헤르메스 길드를 해치우고 얻는 전리품이 상당한 비중을 차지했지만.

위드는 입구를 제압한 이후로 동료들과 함께 단숨에 마굴의 깊숙한 곳으로 달려 들어갔다.

이곳은 광물을 캐다가 새로운 길이 형성되기도 하는 골드마인 던전처럼 복잡하지 않다. 몇 개의 갈림길이 있을 뿐이었고, 창고와 연구실, 기사단 숙소, 마법사 숙소 등이 있었다.

사냥을 하기 위해 돌아다니는 헤르메스 길드의 파티들을 거침없이 격파했다.

"하룻강아지가 어리석게도 우리 길드의 무서움을 전혀 모르는 격입니다."

　"죽은 자들의 보고나 단기간의 피해를 감안하면 쉽게 볼 수 없을 정도로 강합니다. 도대체 어디서 갑자기 이런 실력자들이 나타났을까요?"

　"톨렌 지역에 있던 유저 중에 범인이 있겠지요."

　"안 그래도 반란군과 흑사자 길드의 부활로 뒤숭숭한데. 독립이니 뭐니 말이 나오기 전에 철저히 짓밟아 버리도록 합시다."

　골드마인 던전에는 헤르메스 길드의 유저 300여 명이 모여 있었다.

　포르모스 성에서 딱히 할 일이 없던 유저들이 타격대의 형식으로 비상 출동을 했다.

　막상 골드마인 던전에 도착해 보니 흉수들은 온데간데없이 사라졌다. 분풀이를 할 곳이 없어서 그들끼리 이야기를 하고 있던 와중이었다.

　텐진 : 아타로그 마굴에 침입자들의 급습!

　헤르메스 길드의 통신망을 통해 누군가가 외쳤다.

텐진 : 전투가 벌어졌습니다! 접수대는 이미 전멸했음. 골드마인 던전의 습격자들과 동일인으로 파악됩니다.

"아니, 이놈들이 겁도 없이?"
"잘됐습니다. 누군지 신원을 파악해서 척살령을 내리려면 시간도 걸리는데 우리가 가서 소탕합시다."
"이왕 모인 김에 확실히 한 건 처리하면 좋겠지요."
골드마인 던전에 있던 헤르메스 길드 유저들은 즉시 아타로그 마굴로 이동을 시작했다.
험난한 지형 탓에 아타로그 마굴까지는 산을 3개나 넘어가야 했다.
기사들은 자신의 말을 타고 전력 질주했으며, 마법사들은 몇 명씩 모여서 텔레포트를 사용했다.

위드는 아타로그 마굴에서도 짧은 시간 동안 4개의 파티를 격파했다.
적들을 소탕하자마자 이동과 동시에 정비, 즉각적이고 빠른 사냥이었다.
아타로그 마굴의 일반 유저들도 어느새 소문을 들었는지 위드의 파티가 지나가면 두 손을 들어서 박수를 쳤다.

"꼭 헤르메스 놈들을 무찔러 주시길!"

"조심해서 잘 싸우시기 바랍니다."

사제들이 들어 있는 파티에서는 지나가는 위드와 동료들에게 아무 말 없이 축복과 회복 마법을 걸어 주었다.

"으흠, 역시 사람은 악하게 살면 보답을 받는군."

위드 입장에서야 이런 대접이 나쁠 것 없었다.

그리고 몇몇 유저들은 정보도 알려 주었다.

"골드마인 던전 쪽에 있는 친구가 그러는데, 놈들이 이쪽으로 오고 있답니다."

적지 한복판에 있었음에도 불구하고 일반 유저들은 위드 편이라고 할 수 있었다. 하지만 그 한계 역시 명확한 것이, 헤르메스 길드의 보복이 두려워서 몰래 소극적인 도움을 건네는 수준이었다.

'당연히 놈들이 우릴 잡으러 올 거라고는 생각하고 있었다.'

유저들이 걱정을 해 주었다.

"지금 빠져나가지 않으시면 잡힐 텐데요. 어서 도망치세요!"

"걱정해 주셔서 고맙습니다만, 저는 수금하는 동안에는 절대 물러서지 않습니다."

수금무퇴의 정신!

위드는 외부에서 쳐들어올 병력에 대한 걱정은 뒤로한 채로 아타로그 마굴 깊숙한 곳으로 진격했다.

구경꾼들 몇 명은 호기심 때문에 사냥도 포기하고 위드의 뒤를 따라왔다.

로열 로드의 패권을 장악한 헤르메스 길드에서 이렇게 많은 사상자가 발생하게 되면 그건 매우 큰 화제가 된다.

인터넷에 동영상이 퍼지거나 방송국이 취재를 할 만한 사건이었기에 뒤를 따랐다.

구경꾼들을 저지할 수도 있었지만, 위드는 내버려 두었다.

헤르메스 길드의 유저들이 목숨을 잃는 광경이야 적극적으로 홍보를 해도 모자랄 판이었다.

"놈들이 벌써 여기까지 도착했다!"

"방어선을 통과하지 못하게 해. 여길 놈들의 무덤으로 만들자!"

아타로그 마굴 안쪽에서 헤르메스 길드의 3개 파티가 연합해서 전투단을 형성하고 기다리고 있었다.

길드 내부의 통신망을 통해 습격자가 있다는 것을 알고 대비하기 위해 그들끼리 뭉쳤다.

이번에야말로 조금 크고 위험한 전투!

위드와 바하모르그, 서윤이 앞장서고 있었는데 바로 이글거리는 불덩어리가 날아왔다.

맹렬한 화염 덩어리.

검으로 베거나, 원거리 공격 스킬로 불덩어리를 파괴하면 즉시 폭발하여 주변에 피해를 입힌다.

레벨 430대 이상의 마법사가 시전이 가능하며, 주문을 외우는 데 아주 긴 시간이 필요했다.

　전쟁터가 아니고서는 거의 쓰기 힘들 정도의 광역 주문이었는데, 위드의 전투 행적을 길드 통신망을 통해 듣다가 마법을 완성해 놓고 기다린 것이다.

　"바하모르그, 가라."

　"얼마든지!"

　바하모르그가 앞으로 뛰어나갔다.

　헤르메스 길드 유저들의 입가에 차가운 미소가 맺혔다.

　"어리석은 애송이."

　"마법이 뭔지도 모르는 촌놈이구나."

　마법의 특성도 모르고 감히 막으려고 드는 바하모르그를 보자니 한심하고 우습게 느껴졌다.

　바하모르그는 곧바로 숯덩이가 되고, 옆의 동료들도 만만치 않은 피해를 입게 될 것이다.

　헤르메스 길드의 기사들과 전사들은 앞으로 달려 나갈 준비를 했다. 마법이 계획대로 작렬한다면 도망칠 기회 따위는 주지도 않을 생각이었다.

　바하모르그가 크게 소리쳤다.

　"크레아아아아아아!"

　암벽 육체!

　이글거리는 불덩어리가 바하모르그에게 작렬했다.

"이때다. 끝장을 내자."

헤르메스 길드 유저들은 정면을 향해 달렸다.

마법사들과 샤먼들로부터 질주 속도를 늘리는 보조 스킬들을 부여받았다. 강렬한 화염 줄기와 파편들을 뛰어넘어서 멋지게 습격자들을 공격하겠다는 게 그들의 의도였다.

헤르메스 길드의 유저들이 화염 폭발이 일어난 지역 가까이 도달한 순간!

마법 폭발로 일어난 눈부신 빛이 사그라지면서, 그대로 건재한 바하모르그의 형체가 드러났다.

"거짓말이지? 이게 뭔 몰상식한 장면이야."

"터무니없다!"

"마법사, 무슨 멍청한 실수를……. 마지막에 마법 유지를 못한 거야?"

전사들과 기사들이 동료를 탓하고 있을 때였다.

정작 넋을 놓고 있는 건 마법 공격을 가한 마법사였다.

"마법은 처음부터 끝까지 정상이었어. 어떻게 이럴 수가……."

맹렬한 화염 덩어리는 전쟁터에서도 한꺼번에 수십 명의 목숨을 앗아 갔던 마법이다. 기본적으로 광역 마법이기는 하지만 개인도 적중당하면 버텨 낼 수가 없을 정도로 강했다.

마나의 삼분의 이 이상을 소모한 필살의 공격이라고 할 수 있었는데 그걸 맞고도 살아남다니, 기가 막혔다.

바하모르그가 공격을 시작했다.

"몰아치는 가르기!"

도끼와 철퇴를 연속으로 휘두르며 헤르메스 길드 유저들을 강타했다.

방패로 막더라도 10미터 이상을 뒤로 날려 버리는 엄청난 위력.

게르니카와 세빌이 좌우를 받쳐 주면서 헤르메스 길드 유저들과 팽팽하게 싸웠다.

헤르메스 길드 유저들은 볼품없이 나가떨어졌지만 다시 일어나서 싸웠다. 그들에게는 장기전으로 갈수록 든든한 사제들이 있었던 것이다.

"어쨌든 우리 편을 지원해 줘."

"계획대로 버티기만 하면 된다."

사제들은 전사들을 향해 치료 마법을 분주하게 걸어 주었다.

그러나 전사들이 바하모르그와 싸우면서 싹둑싹둑 줄어드는 생명력이 너무 엄청나 도무지 믿기지가 않았다.

"마나를 아껴. 장기전에 대비해!"

"정확하게 피해를 입은 사람에게만 일대일로 치료를 하도록 하고, 광역 회복 스킬은 아직 자제해. 전사들이 죽지만 않으면 된다!"

사제, 샤먼의 든든한 지원.

던전에서 3개의 파티가 연합한 만큼 바하모르그라고 해도 뚫지 못하는 난공불락처럼 여겨질 정도였다.

사실 억지로 돌파하려고 한다면 워리어의 철통 돌진과 같은 스킬을 사용하고 상당한 피해를 감수하면 가능하기도 하다.

방어 진형을 무너뜨리는 대신에 사방에서 포위를 당할 테지만, 바하모르그의 투지는 그 정도를 두려워하진 않았다.

그럼에도 얌전히 상대하는 까닭은 미리 계획된 전술.

위드는 어느새 헤르메스 길드 사제들 뒤에까지 다가가 있었다.

그가 몰래 움직인 시기는 공격 마법으로 인해 커다란 폭발이 일어나고 연기 속에서 바하모르그의 건재한 형체가 드러나기 시작할 무렵이었다.

어쌔신의 공간 침투, 도둑의 은신 스킬은 없었지만 인간인 이상 시야가 가로막히면 허점은 쉽게 생긴다.

사람들의 시선이 바하모르그에게 완전하게 쏠려 있을 때를 틈타서 벽을 타고 연기를 뚫고 뒤쪽까지 침투했다.

"쌍검술!"

위드는 데몬 소드와, 골드마인 던전에서 새로 주운 쓸 만한 검을 들고 사제들을 마구 베었다.

"기습, 기습이다!"

쌍검술을 제대로 익힌 건 아니지만 조각 파괴술로 힘을 늘린 이상 무방비 상태의 사제들을 처리하기에는 남아도는 공격력.

위드는 후방 공격을 통해 사제들과 샤먼들을 쓸어버렸고,
그 이후로 전사들까지도 앞뒤로 합공해서 쓸어버렸다.

"후후후, 간단한 승리군."

헤르메스 길드의 3개 연합 파티까지 단기간에 끝장낼 수
있는 전투력.

"으아아아!"

"뭐야, 뭐가 저렇게 강해!"

구경꾼들이 눈을 의심하게 만드는 순간이었다.

-성스러운 기품의 사제복을 획득하셨습니다.

-백금 허리띠를 획득하셨습니다.

-마검 메추리를 획득하셨습니다.

위드는 아이템들을 착실히 수거했다.

몬스터들을 사냥할 때에는 만 마리쯤은 해치워야 정말 좋
은 물건이 하나씩 떨어진다. 그러나 헤르메스 길드 유저들이
착용하고 있는 물건은 어느 것 하나 유명하지 않은 것도 없고
싸구려도 없었으니 어떤 게 떨어지더라도 이익이 엄청났다.

위드는 입술에 침을 발랐다.

'대박이로군. 이 던전의 사냥도 마치고 나면 레벨이 하나

더 오르게 된다.'

하루에 1개씩의 레벨 업!

위드의 레벨을 감안하면 불가능할 정도로 빠른 성장이었다.

헤르메스 길드의 유저들 거의 대부분이 살인마에 가까울 정도로 막대한 악명을 쌓고 있기 때문에 이겨서 얻는 경험치가 많다.

그리고 단순히 빠른 성장이라고만 부를 수는 없는 이유가, 상대하는 이들의 레벨이 퀘스트 때문에 뒤처진 위드보다 높았다.

위험도 또한 보통의 사냥과는 비교할 수가 없다 보니 성장 속도가 대단히 빠른 게 오히려 정상이었다.

아타로그 마굴의 초토화!

3개의 연합 파티들까지 물리쳐 버린 이후에 아타로그 마굴에서 헤르메스 길드 유저들이 선택할 수 있는 길은 오직 하나였다.

"당장 튀자!"

"놈들이 대체 어느 쪽으로 오고 있는 거야? 어디서 이런 놈들이……."

"안심해도 좋아. 몬스터들이 있는 이상 우리에게까지 오진 못하겠지."

자긍심 높은 헤르메스 길드 유저들이 도주를 선택했다.

마굴 안에서 사냥하던 일반 유저들에게는 황당하고도 생소한 광경이었다.

그들은 사냥하던 자리를 벗어나서 던전 안쪽 깊숙이 들어갔다.

아타로그 마굴의 몬스터들의 수준은 상당히 뛰어났으니 거기에 희망을 걸었다.

하지만 아타로그 마굴에는 악령들이 돌아다녔다.

위드는 전투력을 높이기 위해 몬투스를 해치우고 획득한 악마 투구를 착용했다.

―악마 투구를 착용하셨습니다.
방어력이 161 증가합니다.
당신의 잔혹한 마음이 모든 이들에게 공포를 일으킬 것입니다. 그 대가로 매일 신앙심이 3씩 감소합니다.
악마는 결코 쉽게 쓰러지지 않습니다.
끝없는 방어가 발동되어 자신을 향한 공격들을 거리에 따라 급격하게 약화시킵니다.
모든 상태 이상에도 절대 무너지지 않는 방어력은 적들의 공격을 때때로 무용지물로 만듭니다.
부상을 입을수록 육체가 강해집니다.
흑마법과 지옥계의 마법은 당신보다 강한 자가 아닌 한 거의 영향을 미치지 못합니다.

지혜가 98 늘었습니다.
지식이 115 오릅니다.
중급 흑마법까지의 마나 소모가 최소가 됩니다.
악마적인 두뇌로 마법 발동 시간이 단축됩니다.
모든 전투 스킬의 위력이 12% 오릅니다.
이 투구는 절대 잃어버리지 않습니다.
전투 명성이 8,000 높아집니다.
투구를 쓰고 있는 동안 호칭 '악마의 열세 번째 부하'가 적용됩니다.

"후우, 엄청난 능력이군."

악마 투구와 같은 물건은 위험도가 높은 사냥터에서는 기꺼이 써 주어야 했다.

전형적인 대인 살상용 장비!

위드를 본 악령들은 온몸을 떨며 전율했다.

-캬흐흐흐, 악마의 하수인이시여.

-악의 종자를 알현합니다.

악령들은 공포를 일으키기보단 반가워했다.

악으로부터 힘의 원천을 얻는 악령들은 같은 성향을 가진 이들에게 동질감을 느끼며 잘 덤벼들지 않는다.

흑마법사, 타락한 네크로맨서가 얻는 특혜의 일부.

하지만 오히려 상대가 현저하게 약할 경우, 강한 악령들 중에는 악의 힘을 빼앗기 위해서 먼저 덤벼드는 놈들도 있었다.

위드의 투지는 악령들을 피해 가게 만들기에 충분하다 못해서 넘치는 수준이었다.

－꺼림칙한 인간이다. 어서 길을 비키자! 이히히히.

　－악마의 하수인이 지나가야 돼. 저 인간이야말로 이 모든 그릇된 것들을 엉망진창으로 만들어 줄 것이야.

　악령들과의 전투를 피해 가면서 쾌속 전진.

　일부 악령들, 레벨이 낮은 악령들은 뒤를 따라왔다.

　－그를 따르자. 그에게서 악이 무엇인지를 배워야 한다.

　－보아라. 우리가 기다려 왔던 순간이 드디어 도래했다. 저 악마의 종자는 비열함과 비겁, 추악의 새로운 길을 열어 줄 것이다.

　위풍당당!

　아타로그의 악령들을 이끌고 진격한 위드는 헤르메스 길드의 사냥 파티들을 완전히 박살 내 버리고 말았다.

　바하모르그와 서윤만 해도 일대일로는 감히 싸울 수가 없었으며, 위드의 전투 능력도 조각 파괴술을 쓴 이상 감당이 어렵다.

　악령들까지 전례가 없을 정도로 대규모로 끌고 다녔으니 헤르메스 길드의 사냥 파티들이 묻히는 것은 한순간이었다.

　－키헤헤헤헤헷. 지옥의 문이 열릴 것이다.

　－아아아, 이 향긋한 시체 냄새.

　전투가 벌어지게 되면 가히 엉망진창이었으며, 질겁하여 도망치는 헤르메스 길드 유저들은 삽시간에 학살되었다.

　"과연 이 맛이군. 라면 수프를 넣더라도 맛만 있으면 됐지."

위드는 가슴을 쭉 폈다.

순수하게 검과 힘으로 굴복시키진 않았지만 어찌 되었건 목적만 달성하면 된다는 주의였다.

전쟁의 신 위드

아타로그 마굴을 향해서 전속력으로 달리던 헤르메스 길드의 이른바 토벌대 유저들은 들려오는 소식들에 경악했다.

-3개 연합 파티 전멸. 아무도 살아남지 못함.

-습격자. 던전의 악령들을 끌고 다니고 있음. 그들에게 부하처럼 명령을 내리거나 하진 않지만 함께 싸움.

-희생자 70명 돌파. 곧 길드의 모든 유저들이 전멸할 것으로 예상됨.

보통의 습격자라면 헤르메스 길드의 평범한 파티 하나로도 격파할 수 있다.

소수 대 소수의 싸움.

베르사 대륙에서 강자들만 모인 이익집단인 헤르메스 길드에 대적할 수 있는 사람은 드물었기 때문이다.

그런데 고작 5명밖에 안 되는 인원으로 100명이 넘는 길드의 유저들을 거침없이 쓸어버리고 있었으니 가슴 한구석이 무거웠다.

도무지 상상하기 힘든 무력시위였다.

"이게 무슨……. 도대체 레벨이 몇이기에 악령들로부터 공격을 안 받아? 일반적인 기준으로는 레벨이 550을 넘어야 가능한 것 아니야?"

"레벨이 중요한 게 아니잖습니까. 특별한 물건을 갖고 있거나 잠깐 동안 전투력이 증가하는 퀘스트 중일 수도 있고. 우리가 가면 단숨에 이길 수 있습니다."

"인원수는 절대 무시할 수가 없지요. 저쪽은 5명이고 우린 한꺼번에 300명입니다. 놈들이 도망가지 않도록 빨리 도착하는 것만 생각합시다."

토벌대 유저들은 어쨌든 자신들이 이길 것이라 생각했다.

하지만 던전이나 마굴은 보통 통로가 좁고 장소가 협소하다. 지하 광장 같은 곳이라면 모르겠지만 그게 아니라면, 지금까지의 활약으로 미루어 보아 섣불리 선두에 섰다가는 피해를 입을 수 있다.

'전방에 나서지는 않고, 물러서서 기회를 노려 봐?'

하지만 이쪽 집단의 위력이 너무나도 대단하다 보니 단기간에 전투가 끝나 버리면 허탈하게 되리라는 걱정도 들어 갈등이 되었다.

습격자들을 해치우고 얻을 길드 내의 명성이나 전리품들은 대단히 유혹적이었다.

이때 토벌대의 누군가가 말을 달리면서 말했다.

"로열 로드에서 이만큼 강한 유저란 흔하지 않습니다. 저는 습격자들에 대한 이야기를 전해 듣자마자 떠오른 사람이 있었는데요."

"누구?"

사람들은 이 주변에서 익숙한 흑사자 길드의 칼리스나 로암 길드의 로암 정도가 나올 것이라 생각했다. 로열 로드를 대표할 수 있는 강자의 이름이다.

"위드죠."

"위드? 아, 아르펜 왕국의 그 위드. 위드라면 그럴 수도 있지. 잠깐만, 위드?"

베르사 대륙에서 무신 바드레이의 유일한 호적수로 꼽히는 전쟁의 신 위드.

헤르메스 길드의 높은 긍지와 오만함에도 불구하고 위드에게만큼은 계속 패배와 좌절을 겪었다.

"나 참, 그런 농담 같은 이야기라니."

"에이, 말이 되는 소리를 해야지."

"그래도……."

"북부에 있어야 할 위드가 여기에 왜 나타나. 쓸데없는 소리 하지 말고 어서 가기나 하자고!"

토벌대의 전사들은 계속 말을 달렸다. 하지만 위드라는 말이 머릿속을 계속 떠나지 않았다.

'이런 능력을 발휘할 수 있는 유저가 또 있던가?'

베르사 대륙이 넓다고 해도 떠오르지 않는다.

던전에서의 싸움 형태도 그렇다.

'그놈의 주특기가 강한 부하들을 지휘하는 게 아닌가. 지난 전쟁에서도 바바리안 워리어가 엄청나게 활약을 했었다.'

토벌대에서 가장 강한 유저인 필리안이 말을 달리면서 큰 소리로 말했다.

"아무래도 느낌이 안 좋다. 가면서 확인 좀 해 보자."

"어떻게?"

"골드마인 던전에서 죽은 애가 내 친구야. 그 녀석에게 물어보면 위드인지 아닌지 금방 확인할 수 있어."

필리안은 아는 인맥을 동원해 그 후배에게 연락을 하도록 하게 했다.

용건은 습격자가 위드인지 확인을 하라는 것!

그리고 대답은 불과 1~2분 만에 왔다.

필리안이 놀라서 외쳤다.

"마로마스터로부터 전해 들은 소식으로는… 이미 그놈이

위드는 아닌지 의심을 하고 있었다는 것이다!"

"⋯⋯!"

"위드의 전투 스킬 같은 건 여기 있는 사람들도 모두 알고 있을 것이다."

토벌대의 유저들이 고개를 끄덕였다.

"사용하는 스킬로는 도저히 알 수 없었다고 한다. 장비로도 추측이 불가능했고."

"그런데 뭘 보고 위드라고 의심하지요?"

토벌대가 말을 타고 가는 속도가 자연스럽게 조금 늦춰졌다.

"골드마인 던전 희생자들이 말을 맞춰 보다 보니 이상한 이야기가 나왔다. 상대방의 전투법이 목숨을 아끼지 않는 것처럼 과감하면서 능숙했을 뿐만 아니라, 공격에 실려 있는 힘도 감히 대적할 수 없을 정도로 세다는 것. 어느 정도 강한 게 아니라 부딪치기만 해도 무기나 방어구의 내구도가 감소할 정도로 차원이 달랐다고 한다."

"모두 알고 있듯이 힘 강화. 위드의 특기 중의 하나로군요. 과감한 전투 방식도 흔하지는 않고."

헤르메스 길드에서는 위드의 여러 스킬들을 파악하고 있었다.

길드 내에서 많은 지원을 받는 정보대의 임무 중에는 전투 스킬에 대한 연구도 있다. 특히 강력한 유저들이 사용하는 특별한 스킬들을 분석하고, 그것을 얻는 방법이나 약점 등을 전문적으로 분석한다.

위드가 예술 스탯을 힘이나 민첩성으로 바꾸는 것은 조각사의 직업 공통 스킬로 널리 알려진 조각 파괴술.

조각사에게는 일반적인 것이지만 다른 직업들은 갖지 못한 특별한 능력이었다.

"그리고 바바리안 워리어가… 그의 장비도 약간씩 달랐기 때문에 쉽게 구분하지 못했지만 대지의 궁전에서 활약한 위드의 부하가 맞는 것 같다고 한다."

"그렇다면 정말 위드가 중앙 대륙에 왔단 말인가. 어떻게 그럴 수가."

"완전히 확신할 수는 없지만 위드라고 8할은 의심하고 있는 상황이다. 다른 희생자들과 함께 길드 동영상 게시판에서 정밀하게 전투 영상을 분석하고 있는데 위드 외에는 달리 추측되는 인물이 없다."

"……."

"어서 가자. 위드가 정말 맞다면 우리가 공을 세울 기회다."

토벌대의 이동속도가 갑자기 빨라졌다.

포르모스 성.

톨렌 왕국에서 활동하고 있던 그들은 갑자기 대륙의 중심에 선 기분이었다.

위드를 처치하게 된다면 대륙 전체에 자신의 이름이 울리게 되며, 길드 내에서 포상도 두둑하게 받게 된다.

아르펜 왕국이 상당한 골칫덩이로 떠오르고 있는데 위드를 여기서 없애 버린다면 그보다 더한 공적이 어디 있을까.

대륙 통일에 대단한 역할을 했다고 할 수 있었다.

아타로그 마굴에 도착한 토벌대!

푸히히히힝!

말들이 거품을 물고 쓰러질 정도로 바쁘게 달려서 불과 1시간 정도 만에 도달했다.

"벌써 날파리들이 많이도 모여들었군."

"전부 쫓아내면 될 것입니다."

마굴 입구 주변에는 일반 유저들이 가득 차 있었다.

원래 유명한 던전 중의 하나이기도 했거니와 헤르메스 길드가 습격을 당하고 있다는 소문이 퍼져서 인근에서 전부 몰려온 것이다.

토벌대의 유저들은 유저들을 헤치고 입구로 달려갔다.

구경꾼들이 떠드는 소리가 들렸다.

"정말 위드가 와 있는 거야?"

"그렇다는 이야기가 있던데? 벌써 안에 있는 헤르메스 길드는 거의 전멸했대."

"위드라는 증거는?"

"안에서 본 내 지인의 말로는, 악령을 이끌고 싸우는 방식이 마치 마법의 대륙에서 전쟁의 신 위드가 하는 행동과 같다고 했어."

"지휘는 하지 못한다고 하던데?"

"화살도 쏘고, 검도 휘두르고. 직업을 종잡을 수 없다는 것도 위드라는 증거지."

"확신할 수는 없지만 여러모로 사실일 가능성이 높다는 거네."

"마굴에 들어가서 보고 싶다."

헤르메스 길드 유저들은 입구를 막아섰다.

"모두 물러서라!"

"이 마굴은 당분간 폐쇄한다!"

마굴 안에서 격렬한 전투를 벌여야 하는 만큼 구경꾼들을 물리치는 것이야 당연한 것이었다. 또한 구경꾼들이 갑자기 위드를 돕거나 방해하는 일도 방지해야 했다.

습격자가 위드일 수도 있다는 가능성이 알려지자 길드의 통신망을 통해 가까운 포르모스 성, 그리고 멀리의 도시와 마을에서도 헤르메스 길드의 강자들이 추가로 출발했다는 소식들이 들렸다.

아타로그 마굴을 포위하여 위드와 습격자들을 독 안에 든 쥐로 만들 작정이었다.

"200명씩 진입한다. 완벽한 준비를 해서 위드를 없앤다."

마굴의 입구에 400여 명이 모였을 때 진압 계획이 시작되었다.

위드가 지금까지 지골라스에서도 그렇고 번번이 골탕을 먹였기에 방심 따위는 전혀 없었다.

마굴 내에서 사냥을 하고 있는 일반 유저들도 모조리 쫓아내면서 위드에 대한 수색 작업이 철저히 진행되었다.

"톨렌 왕국이 무너지고 말았다고?"

"예, 그렇습지요."

"그렇다면 나의 이 연구는……."

"서거하신 여왕 폐하를 위해서는 쓰지 못하실 것입니다."

"오호, 이런 아쉬울 데가 있나. 그렇다면 이 흑마법은 전혀 쓸모없는 게 되었구나."

위드는 아타로그 마굴의 가장 깊숙한 곳에서 귀족의 악령과 대화를 나누고 있었다.

마굴 안에 있던 헤르메스 길드의 유저들을 전부 격퇴한 이후에 최종 지점까지 도착한 것이다.

위드는 다 알면서도 모르는 척 말했다.

"어떤 흑마법을 개발하셨습니까요?"

악령 귀족은 오히려 되물었다.

"인간들이 추구하는 가장 큰 욕망의 성취, 그 밑바닥의 끝에 있는 게 무엇이겠는가?"

심상치 않은 수수께끼.

한때에는 대단한 비밀이 있는 것처럼 궁금증을 자아냈지만 현재는 이미 해결된 것에 불과하다.

바레나라는 네크로맨서 유저가 왔더니 악령 귀족은 비밀을 술술 털어놓았다.

"아름다움이겠지요."

"영원히 유지되는 젊음과 미모. 그것이야말로 우리가 연구하고 있는 것이지. 이젠 여왕 폐하께서 쓰지 못할 테니 자네에게 주겠네."

악령 귀족은 아름다움의 비약을 3개나 건네주었다.

–흑마법으로 제조된 아름다움의 비약을 획득하셨습니다.

아름다움의 비약이 가진 이름은 흑마법이 으레 그렇듯이 함정에 가까웠다.

육체에 힘과 생명력, 민첩성, 맷집을 20개 이상 올려 주지만 대신에 매력과 신앙 스텟이 그만큼 하락한다. 행운도 만만치 않게 감소했다.

이 아름다움의 비약을 먹게 되면 베르사 대륙의 시간으로 1년간 몸에 영향을 미친다.

밤이 되면 몸의 피부가 악마들이 데리고 다니는 마수처럼 검고 딱딱하게 뒤바뀐다.

일몰 이후의 강함은 대단하지만 조금도 아름답지 않은 괴물의 모습이 되어 버리고 말았다.

'그래도 다들 없어서 못 먹지. 동물에 먹이면 효과도 좋다고 하던데.'

위드는 직접 마실 생각은 없고, 좋은 구매자에게 팔아치울 작정이었다.

"정말 대단한 연구입니다."

"클클클, 하지만 이 비약을 만들기 위해서는 재료들이 많이 필요한데…….”

"제가 구해 와야지요."

"오, 그런가. 재료를 구할 장소는…….”

"썩은 거품의 늪으로 가겠습니다."

"긴 여행이지. 다행히 그곳과 연결되어 있는…….”

"게이트를 발동시킬 수 있는 원한을 품은 썩은 해골은 이미 구해 왔습니다. 바로 가시지요."

바레나는 북부에 정착한 네크로맨서였으며, 다크 게이머의 일원이기도 했다.

그녀가 다크 게이머 연합에 올려놓은 정보 게시 글을 통해 악령 귀족을 만나서 다른 사냥터로 곧바로 이동할 수 있다는 점을 알고 있었다.

-위드 님. 지금 베덴 길드와 헤르메스 길드에 비상이 걸리면서 토벌대가 아타로그 마굴을 향해 대대적으로 모여들고 있네요. 위드 님이 이곳에 오신 걸 알아차렸다고 합니다.

위드는 마판 상회의 상인 검은돈을 통해 정체가 발각되었다는 소식을 들었다.

"흐음, 당연히 알아차렸군. 충분히 그럴 만하다고 생각했지만……."

아타로그 마굴에서 좁은 지형 등을 이용해 놈들과 전투를 펼칠 수도 있겠지만 승리를 확신하기 어렵다.

적들이 메뚜기 떼처럼 끝을 모르고 계속 몰려올 테니 하루 종일 싸워도 모자랄 것이며, 사제 집단의 지원까지 감안해 보면 마구잡이로 해치울 수도 없으니 위험은 크고 실속은 적다.

모름지기 습격이란 정신없이 치고 빠지면서 효과를 극대화해야 했다.

위드는 마법의 대륙에서 명문 길드들을 괴롭히던 때를 떠올렸다.

정말 생각지도 못한, 혹은 생각하기도 싫은 행동들을 저지르면서 그들을 못살게 굴었다.

아주 작은 간섭만 하더라도 용서 없이 수백 배의 보복을 가했다.

대화로 타협을 하자고 제의를 해 오면 다 듣고 나서 생각해 보는 척하다가 교섭을 하러 온 사절을 죽였다.

인간 망종을 넘어선 대악당!

돌이켜 보면 굳이 그렇게까지 할 필요는 없었음에도 어딘가 제정신이 아니었다.

그저 내키는 대로 살았던 질풍노도의 시기였다.

"내가 나쁜 사람 같아?"

위드의 말에 서윤은 당연하다는 듯이 고개를 흔들었다.

"아니에요."

"다 내가 잘되려고 하는 게 아니야. 이 사회가 썩어서 그런 거지."

"맞아요."

서윤은 사막의 대제왕 시절에 함께했던 것처럼 정보를 가져다주었다.

중요한 부분에 대해서는 위드가 이미 알고 직접 살펴봤지만, 던전 내부의 상태나 몬스터의 특성, 지원군이 몰려올 만한 다른 지역들과의 거리 등은 그녀가 분석했다.

"그럼 다음 장소로 가자."

"장화와 지팡이 그리고 도시락을 준비했어요."

"완벽하군."

썩은 거품의 늪에서도 경험치와 전리품을 상당히 많이 얻을 수 있다고 한다.

흑마법으로 제조된 생명체들이 아주 많아서, 몬스터들을 퇴치하면 신앙심이나 자연과의 친화력을 올리기에 좋았다.

전투 업적을 세우면 직업에 따라 힘이나 지혜를 2개 얻을 수
도 있다.

위드는 서윤과 부하들을 데리고 게이트를 통과했다.

잔뜩 독기가 올라 있던 헤르메스 길드의 유저들은 또다시
허탕을 치고 말았다.

골드마인 던전과 아타로그 마굴에서의 습격은 몇 시간 되
지도 않아서 대륙을 뜨겁게 달구었다.

베덴 길드와 헤르메스 길드의 유저들이 몰살을 당했다는
소식과 함께 구경꾼들의 동영상, 게시판의 글들을 통해서 대
단한 화제가 되었다.

-위드가 헤르메스 길드에 칼을 뽑았다.
-200명, 300명 이상의 유저들이 목숨을 잃었다더라.
-아타로그 마굴에서는 감쪽같이 사라졌다.

방송국들은 이 소식을 뉴스를 통해 속보로 전하면서 동영
상들을 소개했다.

영상에 대한 전문가들의 세부 분석을 통해서 그날 저녁에
는 습격자의 정체가 위드가 틀림없다는 사실도 알려지게 되

었다.

—위드다!
—위드가 대지의 궁전 파괴에 대한 복수를 시작했다.
—전쟁의 신이 움직였다!

방송국을 통해서 소식이 알려지자 그 파급력이란 엄청났
다.

사람들이 주목하는 위드와 바드레이의 움직임.

그것도 위드가 전격적으로 중앙 대륙의 헤르메스 길드를
공격하고 있는 모양새인 것이다.

아타로그 마굴에서는 수색 작업이 샅샅이 진행되었음에도
위드와 그 일행은 발견되지 않았다.

베르사 대륙의 모든 유저들이 이번 일에 대해 떠드는 것처
럼 느껴질 정도로 큰 화제가 되었다.

그리고 하루가 지났다.

로열 로드와 방송, 인터넷이 뒤집어지거나 말거나 위드는
그때까지 썩은 거품의 늪에서의 사냥을 무난히 마쳤다.

다른 방해자들도 없다 보니 침대에 누워서 텔레비전 보기
수준!

"그다음 장소로는 완전한 성채로 가야겠군. 골드마인 던전
이 재물을 얻을 수 있다면, 완전한 성채는 사냥의 명당이지."

포르모스 성에서는 약간 멀지만 옛 톨렌 왕국 지역을 벗어나지 않은 위치에 완전한 성채가 있었다.

톨렌 왕국에서는 역사적으로 절대 함락되지 않을 성채를 건설하려고 했다지만 경사가 심한 산악 지형과 예산의 문제를 극복 못하고 공사가 중단되었다고 한다.

이름은 완전한 성채였지만, 실제로는 절반 정도 지어지다가 만 폐허.

그 후 방치된 완전한 성채는 도적단을 비롯하여 몬스터, 산적 떼 등이 무작위로 근거지로 삼아 왔다.

그들은 기본적인 레벨이 무려 390을 넘어가고 지방군 단위의 큰 규모를 이루어 넓은 성채에서 살아갔다.

마법사나 궁수, 암살자, 도망친 용병 등도 도적단이나 산적 떼에 몇 명씩은 섞여 있었다.

한때 완전한 성채 주변은 베르사 대륙에서 범접하지 못할 극도의 위험지역이었다. 인근 도시들에 대한 약탈도 빈번하게 이루어졌다고 한다.

그 후에 시간이 흘러 유저들의 전반적인 수준이 향상되면서 완전한 성채는 훌륭한 사냥터로 변모하게 되었다.

그들의 토벌을 마치고 나면 대단한 퀘스트 보상과 도적들이 모아 놓은 전투 물자, 특별한 보물까지도 얻을 수가 있었다.

완전한 성채 지역은 중앙 대륙에서도 손꼽히는 최고의 사냥터.

위드의 입가에 회심의 미소가 맺혔다.

북부에서 헤르메스 길드의 침략을 받게 되면 반드시 피해를 입게 된다. 그렇지만 자신이 중앙 대륙으로 나온 이상, 무궁무진한 방법으로 휘둘러 줄 수 있었다.

마법의 대륙에서도 매번 전투마다 눈치와 꼼수를 동원하며 적을 농락하는 것을 즐기지 않았다면 싸우지 못했으리라.

"완전한 성채는 뭐 거의 축제나 다름없는 곳이라니 기대가 되는군."

위드가 악당 짓을 하는데도 대견하게 바라보는 서윤.

"너무 무리는 하지 말고 쉬면서 하세요."

"즐길 수 있을 때 마음껏 즐겨 줘야지. 아직 시작도 하지 않았으니까 말이야."

썩은 거품의 늪을 나오니 포르모스 성 인근의 산속이었다.

"꾸에에엑!"

숲에는 와일이와 와삼이가 미리 대기를 하고 있었다.

"오늘은 와일이를 타야겠군. 괜찮겠어?"

"불편하더라도 참아 볼게요."

와일이와 와삼이는 위장을 위해서 알록달록한 하늘색 물감을 칠하고 있었다.

유린의 그림 이동술을 쓰다 보면 사람은 움직여도 막대한 양의 전리품까지는 무리였다. 짐을 실어야 하기 때문에 등판이 평평한 와삼이가 최고였다.

이사용으로까지 사용되는 와삼이!

"끄아아아악!"

짐을 실을 때마다 와삼이는 무겁다면서 비명을 질렀다. 다리를 비틀거리거나 머리를 땅에 축 늘어뜨리기까지 했다.

위드는 바하모르그에게 지시했다.

"조심해서 실어. 흘리지 않도록 줄로 잘 묶도록 하고."

"알겠다."

배낭들과 함께 줄로 완벽하게 묶이고 있는 와삼이.

"와삼아."

위드가 부드럽게 말하니 와삼이가 날카로운 눈을 번뜩였다.

"오래 살고 싶지?"

"……."

"세상 오래 산다고 해서 좋은 게 아니다. 춥고 배고프면서 몸까지 아프면 그게 행복이 아냐. 이거 다 처분하고 나면 따뜻한 양털 옷 하나 짜서 입혀 줄게."

"까으으윽."

와삼이는 감격의 눈물을 흘렸다.

와이번은 추위를 타는 생명체에 속할뿐더러, 빙룡과도 자주 엮이다 보니 특히 춥다. 따뜻한 양털 옷을 입는다면 와이번으로서는 상당히 출세를 한 것이다.

서윤이 와삼이의 머리를 다정하게 쓰다듬었다.

'불쌍해.'

그녀는 간파하고 말았다.

지금 상태에서 양털 옷까지 입혀 놓는다면 승차감은 더욱 좋아질 게 아닌가.

앞으로 더 바쁘게 와삼이를 써먹겠다는 의미였다.

"위드의 습격이라."

라페이는 차분하게 보고를 받았다.

하벤 제국이 반란군으로 정신이 없는 와중이었지만 위드에 대한 정보만큼 중요한 건 없다.

"그와의 사이에서는 새삼 놀랄 것도 없는 일이지만… 적극적으로 덤벼들어 보겠다는 뜻인가, 아니면 당한 만큼 보복을 하겠다면서 슬쩍 찔러보는 것인가?"

라페이는 고민에 잠겼다.

중앙 대륙은 넓다.

하벤 제국에서는 반란군으로 인해 매일 수십 개에 달하는 커다란 전투가 벌어졌다.

제국의 중앙군이 움직이면 반란군은 단숨에 소탕되고 지역은 일시적으로 안정된다.

중앙군을 지원하고 지역의 치안을 유지하도록 하는 일만

하더라도 수뇌부의 업무는 과다할 정도였다.

그럼에도 하벤 제국군은 아직까지는 도처에서 일어나는 반란들을 쉽게 잠재우지는 못했다. 정복 지역의 민심이 악화된 만큼 크고 작은 도시와 성에서 반란군이 계속 형성되고 있기 때문이었다.

클라우드 길드, 사자성, 로암 길드, 블랙소드 용병단, 흑사자 길드. 과거의 명문 길드들이 재기를 노리면서 제국의 요충지들을 정복한 것도 중대한 이유였다. 그들의 세력을 견제하기 위해 절반이 넘는 군대가 동원되고 있다.

명문 길드들이 힘을 잃지 않았었다면 하벤 제국에서도 간과할 수 없는 대위기였다.

"즉시 토벌대를 보냅시다. 위드를 죽이면 대륙 정복이 사실상 끝납니다."

"제가 가겠습니다."

"저를 보내 주시죠. 기사단을 이끌고 가서 없애 버릴 겁니다."

제국의 임시 황궁.

아렌 성을 개조하여 쓰고 있는 회의실에서 기사들이 서로 나섰다.

위드가 불과 몇 명을 데리고 중앙 대륙으로 넘어왔다면 그를 잡을 수 있는 절호의 기회이지 않은가. 헤르메스 길드에서도 중견에 달하는 유저들이 서로 보내 달라고 했다.

라페이는 잠시 생각하다가 물었다.

"위드를 없애야 한다는 관점에 대해서는 저 역시 동감입니다. 그러나 바보가 아닌 이상 포르모스 성 근처에 계속 머무르지는 않을 것인데 무슨 수로 그를 잡겠습니까?"

"지금부터 추적을 해야지요."

"정보대를 통해 조각술을 이용해 외모나 종족을 바꿀 수 있다는 점이 확인됐습니다."

"찾아내기만 하면 대군으로 포위망을 형성해서 잡을 수 있죠."

"그는 와이번을 타고 하늘을 날아다닙니다."

"그때는 그리폰 군단을 동원하면 됩니다."

하벤 제국의 그리폰 군단!

용기사 뮬을 대장으로 하는 그리폰 군단은 하벤 제국군에서도 가장 강력한 힘 중의 하나였다.

칼라모르 왕국을 정복할 당시에 상대 기사단을 묶는 데 혁혁한 공을 세운 이후 계속된 지원으로 더욱 전력이 강해졌다.

지금은 연합군과의 승리 이후에 그라디안 왕국과 네스트 왕국의 접경 지역에 배치되어 반란군을 진압하고 있었다.

총 5,000에 달하는 그리폰 군단이 움직인다면 그 지역을 족쇄처럼 가둬 둘 수 있다.

그리폰 군단을 떠올리니 라페이도 약간은 구미가 당겼지만 이내 포기했다.

헤르메스 길드의 수뇌부에서는 명문 길드들, 과거의 숙적들을 최우선 척결 목표로 삼고 처리하려 하고 있었다.

　　과거의 잔재들이라고 해도 어서 대대적으로 소탕하지 않으면 불씨가 되어 크게 번질 수 있다.

　　대대적인 소탕 작전을 펼친 이후에 제국의 내정을 안정시켜야 하는 지금 위드가 나타났다고 해서 대규모 추격전 같은 이벤트를 벌일 수는 없다.

　　'제국의 국력을 회복하고 안정화시킨 후에 북부를 파괴하면 끝난다. 확실한 방법이 기다리고 있는데 이런 이벤트 같은 일을 벌이는 건 내가 원하는 방식이 아니야.'

　　라페이는 생각을 정리한 후에 말했다.

　　"고작 1명을 상대하기 위해 군대를 대규모로 파견하거나 하며 들썩일 것까지는 없습니다. 추격전을 벌이거나 해서 놓친다면 그것도 수치스럽기 짝이 없는 일. 하벤 제국의 방침은 현재의 우선순위를 그대로 유지합니다."

　　하벤 제국에서는 계속 치안과 내정에 전념하기로 했다.

　　위드가 어디서 나타날지 모르는 상황에서 상당한 군대가 이런 두더지 잡기(?)에 나설 수도 없는 노릇이다.

　　하지만 각 지역마다 여유 병력을 상당히 동원하여 다음에 나타날 확률이 높은 지역에 덫을 쳐 놓기로 했다.

　　위험 지역의 결속력도 높여서, 위드가 나타나면 즉각 대응할 수 있도록 했다.

위드의 목에도 현상금을 걸어 놓기로 했다.

라페이는 가만히 지켜보기만 하면 이 싸움은 헤르메스 길드에 유리하다고 생각했다.

'열 번을 피해 입더라도 한 번만 놈을 잡으면 된다. 무모한 도전의 최후는 그런 것이겠지.'

앞으로 헤르메스 길드가 도저히 넘볼 수 없는 힘의 격차를 보여 주면 반란군도 수그러들게 될 것이다. 마지막 희망까지도 짓밟고 나면 통치에 무조건 따를 수밖에 없는 처지가 되고 말 테니까.

하벤 제국의 대영주들 중에서도 야망이 큰 인물들을 적당히 다독거리고, 때때로 힘을 보여 주면서 다른 마음을 먹지 못하게 해야 한다.

설마 위드가 하벤 제국에 피해를 입히더라도 얼마나 되겠느냐는 생각이 아직까지는 팽배했다.

괴멸적 타격

위드는 완전한 성채가 내려다보이는 하이랜드 고원에 서
있었다.

휘이이잉!

찬 바람이 시커먼 망토를 휘날리게 했다.

"금인아."

"꼴꼴꼴."

"누렁아."

"음머어어어."

"아껴야 잘살기는 한단다. 그렇지만 부자가 되려면 남이
아낀 것을 잘 빼앗아야 된다."

위드가 착용하고 있는 망토는 헤르메스 길드 유저들을 죽

이고 약탈한 것이었다.

망토의 경우에는 대부분 직업 제한이 없다 보니 최상품이라고 해도 찾는 사람들로 인하여 돈이 있어도 물건을 구하지 못할 정도다.

블랙 드레이크의 망토는 그중에서도 정점을 찍은 것으로, 베르사 대륙의 누구나 갖고 싶어 하지만 구경하기도 어려운 물건이다.

물리 방어력과 마법 방어력은 기본으로 갖추었으며, 레벨에 따라 이동속도도 최대 7%까지 늘려 준다.

바람이 불어오면 몸을 일시적으로 띄울 수 있으며, 심지어는 기류를 타고 날 수도 있다. 비행 마법과는 다르게 바람의 흐름을 거스를 수는 없었지만 최대 속도에서는 어마어마하게 빠르다.

또한 아주 높은 곳에서 떨어지더라도 추락의 영향을 조금도 받지 않았다.

위드가 이빨을 드러내며 웃었다.

"크흐흐흐."

하얀 이빨을 드러내는 비열하고 야비한 미소!

"이번에는 또 어떤 수확물을 얻을 수 있을지, 그럼 가 보도록 할까?"

서윤은 저녁 식사를 준비한다면서 일찍 접속을 종료했다.

그녀가 있으면 전투에 도움이 많이 되고 좋지만 없더라도 전력은 유지되었다. 아껴 두었던 더 치사하고 악독한 방법을 쓸 수 있기 때문이었다.

🔥

"골드마인 던전에서 큰일이 났다면서?"

"위드가 나와서 그쪽은 샅샅이 수색을 하고 있다더라."

"군대까지 출동해서 검문검색을 강화하고 있다는데 소식이 없는 걸 보니 안 잡힐 모양이야."

"이쪽으로 왔으면 진작 박살을 내 주었을 텐데."

"크크크, 우린 그런 멍청이들과 다르니까 말이지."

모닥불을 피워 놓고 헤르메스 길드 유저 7명이 쉬고 있었다.

완전한 성채 부근에서는 정기적으로 도적 떼나 몬스터들이 순찰을 돈다.

그들이 지나가는 장소에서 머무르다가 해치우는 방식이었다.

완전한 성채에서는 도적 떼나 몬스터들이 계속 몰려오기 때문에 외곽에서 순찰병들만 사냥을 하더라도 쏠쏠했다.

조금 더 성채에 가깝게 들어가면 전투가 거의 쉬지 않고 일어난다고 한다.

레벨을 올리는 데 가장 좋은 곳 중 하나였다.

위드는 숲 속에 엎드려서 헤르메스 길드 유저들을 살폈다.

"얘들아, 속전속결이다. 다들 알겠지?"

"알겠다, 주인."

금인이, 누렁이, 바하모르그, 게르니카, 세빌, 빈덱스, 하이 엘프 엘틴, 백호까지 데리고 왔다.

정체가 이미 드러난 이상 제대로 해 먹기 위해서였다.

"곧바로 간다."

위드와 금인이, 하이 엘프 엘틴이 벌떡 일어나서 모닥불을 향해 화살을 겨눴다.

"위드가 신출귀몰하니까 어느새 이 근처에 있을지도 몰라."

"아닐걸. 여긴 도시와 너무 가까워서 절대 오지 못할 거야."

푸슈슉!

"커억!"

"습격이닷!"

잡담을 나누던 헤르메스 길드의 파티로 화살 세례가 퍼부어졌다.

위드와 엘틴의 화살에 적중되면 정령의 효과로 화염에 휩싸이고, 바람에 의해 나가떨어진다. 흙이 파도처럼 밀려와서 그들을 쓰러뜨리거나 머리만 남겨 놓고 땅속으로 파묻었다.

"내친김에 정령술을 써 볼까? 흙꾼, 화돌이, 씽씽이 소환!"

"케헤헤헷! 위대한 정령의 주인, 광채가 우러나오는 조각사 위드 님을 위하여!"

"불멸의 조각 미남, 사상 최대의 천재! 더없이 영광스러운 그 이름도 찬란한 위드 님에게 저항하는 자들이여, 대지의 분노를 감당하라!"

"……."

화돌이, 흙꾼, 씽씽이가 나타나서 적들을 괴롭혔다.

정령들은 말을 할 수 있어도 정령사와의 친화력이 대단하지 않으면 굳이 이야기를 꺼내지 않는다.

그러나 이들은 위드가 직접 창조한 정령들인 만큼 세뇌 교육이 잘되어 있어서 활약을 하면서도 온갖 수다를 떨었다.

"타오르는 충성의 불꽃. 위드 님을 향한 제 마음이 이렇게 뜨겁습니다!"

"태풍이 몰아쳐도 끄떡없는 대지가 단단한 이유가 있습니다. 희대의 미남이며 매력이 넘치는 위드 님이 존재하시기 때문입니다."

"……."

바람의 정령 씽씽이는 부끄러운 듯 아무 말도 하지 않았다. 그저 가끔씩 공중에 불길과 흙을 이용해서 하트 표시를 그려 놓는 정도였다.

일반적으로 자연계의 존재이며 자유로운 정령들이 아니라, 절대 충성을 바치는 부하들.

“위, 위드가 이곳에!”

“꽤액!”

바하모르그, 게르니카, 세빌, 빈덱스, 백호가 뛰어가서 적진을 휘저으니 그들은 금방 몰살되었다.

전투에서 기습의 효과란 절대적이었다.

위드는 전리품을 수거했다. 아이템 정보는 확인할 겨를이 없었지만 손맛이 묵직했다.

감정을 하기도 전에 본능적으로 느껴져 오는 이 묵직한 손맛!

“놈들이 알아차렸겠지!”

바보들이 아닌 이상 십중팔구는 길드 통신망을 통해서 위드에게 습격당했다고 알렸을 것이다.

“이동한다.”

위드는 부하들을 데리고 다음 장소로 이동했다.

완전한 성채에서 사냥을 하는 유저들은 헤르메스 길드의 유저들뿐이었다. 다른 유저들은 아예 사냥을 하지 못하게 한 독점 구역이었다.

“처음 보는 놈들이다.”

“습격자가 아니라면 소속을 분명하게 밝혀라!”

헤르메스 길드의 6인조 파티와 마주쳤다.

위드의 대답은 금인이, 엘틴과 함께 퍼붓는 화살 세례였다.

“콜 데스 나이트 반 호크, 콜 뱀파이어 로드 토리도!”

적진에서 반 호크와 토리도의 소환!

누렁이와 백호를 탄 게르니카, 빈덱스의 돌진으로 순식간에 적을 괴멸시켰다.

전투가 벌어졌다고 하기에도 어려울 정도로 전광석화!

"계속 간다."

위드는 보이는 족족 전부 쓰러뜨렸다.

아타로그 마굴에서처럼 괜히 사냥 파티들이 합류할 시간을 줄 필요는 없었다.

"째재잭, 오른쪽으로 150미터에 적!"

하늘에서는 은새가 정찰을 하며 헤르메스 길드 유저들의 위치를 알렸다.

"동쪽으로 이동 중. 400미터 밖에 다른 적들 발견. 네 무리가 반경 1킬로미터 근처에 있음."

"백호!"

"크르르릉!"

"달려가서 놈들을 막아라. 어둠의 은신술을 펼치는 토리도가 이를 돕는다. 그리고 나머지는 우회해서 습격한다."

"옛!"

조각 생명체들이 씩씩하게 대답했다.

"누렁아."

"음머어어어."

"저 너머에 있는 적들은 네가 막아라. 잠깐이라면 버틸 수 있을 거야."

"......."

누렁이는 땅바닥에 주저앉아서 앞발로 자신의 머리를 가렸다.

"됐다. 짐이나 잘 싣고 다녀."

세빌, 게르니카, 빈덱스 등은 와이번, 빙룡과는 다르게 투지가 넘쳐흘렀다.

위드의 전투 지휘가 효과를 발휘할수록 부하들의 사기는 오른다.

"으헷, 보물을 노리고 온 녀석들이군."

"가진 돈을 다 내놔라. 옷을 벗어 놓고 가면 목숨은 살려주지. 정직한 도둑님의 말이니 믿어야 할 것이다!"

완전한 성채에 있는 도적 떼와도 만났다.

성채의 외곽 마을 지역을 돌고 있는 순찰 부대였다.

인근 지역을 약탈하러 가기 위한 부대는 최소 30명에서 100여 명 정도로 이루어지는데, 그들은 마을이나 다른 던전을 가리지 않고 침략한다.

완전한 성채 가까운 곳에도 던전은 많이 있었지만 그런 이유로 위험부담이 컸다.

반면에 운이 좋다면 몬스터와 도적 떼가 싸우는 틈을 노려서 어부지리를 얻는 것도 드물게 가능했다. 유저들의 수준이 낮았던 예전에는 인근의 보스급 몬스터의 사냥도 그런 식으로 시도해서 성공했다고 한다.

위드가 지금 만난 도적 떼는 12명.

"쳇, 방해자들이군. 바하모르그, 다 죽이지 않아도 되니 해치워라."

"알았다!"

바하모르그가 정면에서 덤벼들었다.

단검과 밧줄, 독화살을 들고 싸우는 도적들에게 바바리안 워리어는 천적.

중독을 시키더라도 높은 저항력을 가진 바바리안들은 거뜬히 이겨 낸다.

"협공!"

위드는 부하들과 함께 도적 떼를 공격했다.

"헛, 강하다."

"어서 도망치자."

"대장님께 알려!"

4명을 죽이자 나머지는 불리하다고 생각했는지 달아나기 시작했다.

완전한 성채에는 도둑들이 엄청나게 주둔하고 있기 때문에 발견하는 족족 해치우는 것이 사냥의 관건이었다.

호루라기나 고함을 통해 동료를 모을 수도 있으니 침묵 계열 마법은 필수.

도망자들을 막고 지원군만 오지 않는다면 도둑 떼가 바글

바글할 정도로 계속 모이고 돌아다니니 사냥하기에는 그야말로 최적의 위치다.

당연하게도 성채의 안쪽이나 내부로 갈수록 더 강한 파티들이 사냥을 했다.

지형상으로 도적 떼가 목책을 추가한다거나 함정을 설치하는 등 약간씩의 변화는 있었지만 돌로 지어진 성채는 거의 그대로다. 모든 길들을 파악하고 있으면 도적 떼를 쉽게 습격할 수 있을 뿐만 아니라 도주할 때에도 활용이 가능했다.

성채 내부에는 술 취한 도둑, 잠든 도둑도 많이 있었는데, 그들을 해치우거나 몰래 보물 창고를 털면 짭짤한 수입을 거둘 수 있었다.

도둑, 모험가, 암살자 등의 직업들은 은신술 스킬 숙련도를 올리기도 좋을뿐더러 그림자 등을 이용해 은밀하게 침입할 수 있었으니 최고의 사냥터였다.

반면에 성채 내부는 온통 적들이라서 경계병들에게 발각되면 도적들이 일제히 추격에 나서게 된다.

파티 전체가 섬멸될 수도 있는 위기이기 때문에 사냥을 하려면 실력은 기본이고 간도 커야 했다.

어떠한 경우에도 전투 중의 도둑을 놓치는 것은 금물!

위드는 사방으로 흩어져 달아나려고 하는 도둑들을 막지 않았다.

"엘틴, 내버려 둬라."

"주인님, 저들은 위험합니다."

"나도 알아. 하지만 알짜배기를 빼먹으려면 그 정도는 감수해야지."

도적 떼와의 사냥을 계속하게 되면 시간이 지체되기 마련이다.

헤르메스 길드에서 뭉칠 시간을 주게 되니 몇 명만 쓰러뜨리고 도망치도록 내버려 뒀다.

"남쪽으로 궁수 4명이 매복 중."

은새의 특기, 정찰!

보통 새들은 밤이면 시야가 좁아지지만 은새는 아니었다. 올빼미, 부엉이처럼 밤눈이 밝았다.

헤르메스 길드에서 벌써 대응에 나서고 있었다.

"백호, 우회해서 습격. 세빌이 타고 따라가라."

"옛!"

"전방 500미터 지역에서 합류한다."

위드는 직접 목표물이 되어서 시선을 끌고 그사이에 백호와 세빌이 궁수들을 제압했다.

완전한 성채 외곽 지역을 한 바퀴 돌며 40여 명의 유저들을 불과 15분 사이에 해치워 버렸다.

이때쯤이면 성채 내부에서는 난리가 났으리라.

헤르메스 길드에서 위드가 습격해 왔다는 사실이 알려지고 정신이 번쩍 들었을 무렵이다.

"당연히 날 맞이할 엄청난 준비를 하고 있을 테지?"

미완성인 완전한 성채이지만 수성을 위한 전투 시설 중 몇 개는 보수하면 쓸 수도 있어서 그걸 장악하고 준비할 수도 있다.

내부로 침입할 수 있는 개구멍마다 인원이 배치되어 삼엄한 공격 태세 정도는 갖춰 놓았을 것 같았다.

어둠이 자리 잡은 성채에는 횃불들이 걸려서 성문과 성벽 일부에 미약하게나마 빛을 밝히고 있었다.

넓고 큰 어둠이 둘러싸고 있는 성채는 무겁고 음침한 느낌이었다.

"금인아."

"꼴꼴꼴."

"저걸 뭐라고 불러야 되는지 아니?"

"요새다."

"흠, 틀린 말도 아니지만……. 바하모르그."

"정면 돌격인가? 아침 해가 뜨기 전에 함락시키겠다."

위드는 깊은 한숨을 내쉬었다.

아무리 힘이 있다고 해도 함부로 써서는 안 된다.

바하모르그의 무력은 잠깐이라도 일대일로 버틸 수 있는 유저가 드물 정도였지만 그렇다고 해서 무적은 아닌 터.

함정에 빠지거나 집중 공격을 당하면 목숨을 잃을 수도 있었다.

바하모르그가 죽고 나면 얼마나 아까운 일이겠는가.

아울러 헤르메스 길드의 유저들은 불을 본 시골의 날파리처럼 이 성채를 향해 모여들고 있으리라.

도시와는 상당한 거리가 있는 탓에 텔레포트 게이트를 타고 오더라도 바로는 무리이겠지만 정공법으로 느긋하게 공략하다 보면 그들이 대규모로 도착한다.

수백수천 명의 공격을 당한다면 위드와 조각 생명체들의 목숨도 한순간이었다.

"바하모르그, 저건 못 먹는 감이다. 함부로 찔러보기에는 위험하지. 불과 10명도 안 되는 인원으로 공성전이란 무리인 거야."

"그러면 퇴각할 것인가?"

위드는 말없이 성채를 노려보았다.

고요한 정적이 흐르는 완전한 성채.

"이쯤이면 소기의 성과는 거두었다고 할 수 있겠지."

누렁이가 대번에 찬성했다.

"음머어어어. 뜨거운 여물을 먹고 쉬러 가자."

헤르메스 길드 유저 수십 명이 한나절도 안 되는 사이에 목숨을 잃었다. 기습의 효과를 누렸던 만큼 충분히 만족하고 돌아갈 수도 있었다.

하지만 마법의 대륙에서 전쟁의 신으로까지 불리었던 위드의 방식은 아니었다.

"내가 못 먹는 감은……."

"……?"

"정신 건강을 위해서도 그냥 포기하는 게 아냐. 엉망진창으로 만들어 놓는 거야."

위드는 숨을 가볍게 골랐다. 그리고 힘껏 터트렸다.

"완전한 성채에 모여 있는 도둑놈들은 들어라!"

심야를 쩌렁쩌렁하게 울리는 사자후!

아파트에서 이런 고함을 질렀다가는 대번에 층간 소음으로 윗집, 아랫집에서 몽둥이를 들고 쫓아올 정도로 엄청난 소리였다.

실제로 성채 곳곳에서 잠들어 있던 도둑들이 깨어나면서 횃불을 환하게 밝혔다.

"도둑놈들아! 내 부하들이 너희가 지금껏 모은 보물들을 훔쳐 가기 위해 그 성채 안에 숨어 있다. 너희는 이제 죽은 목숨이다!"

쿠구궁!

잠복하고 있던 헤르메스 길드 유저들에게는 청천벽력과도 같은 소리였다.

"갑자기 웬 날벼락이야."

"이 미친놈이!"

완전한 성채는 최고의 사냥터였지만 주둔하고 있는 도적 떼나 몬스터들이 거세게 활동하면 걷잡을 수 없게 된다. 그렇기 때문에 이곳에서 사냥을 하려면 실력이 확실하고 다른 사람에게 폐를 끼치지 않을 정도로 검증된 인물이어야 한다.

설혹 감당 못할 적이 밀려오더라도, 다른 유저들까지 휘말리지 않도록 소리 없이 그 자리에서 죽는 것이 최소한의 예의.

고함을 지른 위드의 행동은 완전한 성채에서는 상식 밖의 무책임하고 파렴치한 짓이었다.

물론 그럴수록 효과는 높았지만.

"침입자가 있다."

"보초를 서던 놈들이 사라졌다. 어서 놈들을 찾아봐."

도둑 두령들이 나서서 부하들을 100명씩 끌고 다녔다.

헤르메스 길드에서는 도둑들이 들어오지 않는 복도 끝의 구석이나 창고, 지하실 등에 숨어 있었다.

완전한 성채에서는 은신하기에 좋고, 지나다니는 적들을 사냥하기에 좋은 명당들.

도둑들이 수색에 나서면서 발각되어 도처에서 전투가 벌어졌다.

고요하던 완전한 성채에서 칼들이 부딪치고 마법이 작렬하였다.

한밤중이었지만 대낮의 도시처럼 시끄러워졌다.

"위드, 이 나쁜 새끼야아!"

"치사한 방법 쓰지 말고 당당하게 들어와라. 덤벼. 모가지를 날려 줄 테니까!"

"멍청한 도둑놈들. 밖에 위드가 있다. 위드부터 잡으란 말이다!"

헤르메스 길드 유저들도 고함을 질러 댔다.

위드는 사자후를 터트린 이후 부하들과 멀찌감치 뒤로 물러서 있었다.

정말 수색을 위해서 도둑 떼가 나오기는 했지만 별다른 것을 발견하지 못하고 성채로 돌아갔다. 성채 내부에서 전투가 계속 벌어지고 있었으니 당연한 일이다.

쿠르르릉!

그리고 육중한 소리를 내며 성문이 닫혔다.

위드는 손가락으로 귀를 팠다.

"수명이 조금 길어지겠군."

거리가 멀어졌는데도 헤르메스 길드 유저들의 욕설이 들렸다.

이렇게 욕먹는 생활에 대해서는 너무나도 익숙해서 고향의 포근함까지 느껴졌다.

"요즘 내가 인생을 제대로 살고 있는 모양이로군. 좀 있으면 조용해지겠지."

"음머어어어어."

"커헉!"

"하악, 하악, 하악."

헤르메스 길드 유저들은 가쁜 숨을 토해 냈다.

"살아남았다."

"우린 해냈어."

성채 내에서 사냥을 하던 유저들은 70명 정도였다.

도시보다는 사냥터에서 주로 시간을 보낸 강자들이다.

그들조차도 갑작스러운 사태로 인해 도둑 떼가 길길이 날뛰는 상황에서는 죽음이 속출하여 겨우 23명이 남았다.

끝이 없는 도둑들의 인해전술, 막다른 길에서 엄폐물을 끼고 싸워도 승산은 보이지 않았다.

하지만 헤르메스 길드의 도둑들과 암살자들이 위험을 무릅쓰고, 완전한 성채의 도둑 대장 사냥에 성공하였다.

대장을 잃은 도둑들이 뿔뿔이 흩어진 덕에 이들은 마지막까지 목숨을 유지할 수 있었다.

"정말 힘든 하루였다."

"수고 많으셨습니다. 모두 힘을 합쳤기에 이루어 낸 업적입니다."

헤르메스 길드 유저들은 뿌듯한 보람과 성취감을 느꼈다.

업적으로 도둑 퇴치의 기록을 세우며 상당한 명성을 얻은

데다 스탯이 하나씩 늘었다.

전투 계열 직업이라고 해도 업적은 자주 일어나는 일은 아니다. 희생이 크긴 했지만 완전한 성채의 도둑들을 물리쳤다는 기록은 자랑거리가 될 수 있을 것이다.

'위드가 나를 함정에 빠뜨렸지만 그럼에도 이겨 내고 살아남았다.'

생존자들의 머릿속에 스쳐 지나가는 생각이었다.

위드가 만들어 낸 사건들은 십중팔구 방송으로 중계가 된다. 이번 일 또한 방송을 타게 되리란 건 의심할 여지가 없었다.

'방송국에 먼저 제보를 해도 좋겠지?'

위드의 모략과 술수에도 불구하고 살았으니 승리감에 도취되었다.

"위드라고 해도 특별한 무언가는 없군요."

"제대로 힘을 모을수록 강해집니다. 다른 지역의 멍청이들이야 기습을 당해서 무너졌지만 우리 지역에서만큼은 더는 그럴 일이 없을 겁니다."

"성채로 들어오기만 했으면 끝장을 내 주었을 텐데."

"자기도 그걸 아니까 철수한 게 아니겠습니까, 하하하."

위드가 완전한 성채를 뒤집어 놓고 떠났다는 사실이 알려지자 헤르메스 길드의 지원군은 오지 않게 되었다.

당장이라도 하던 일을 중단하고 완전한 성채로 몰려오겠

다며 조직되던 지원군들은 갑자기 바쁜 일들을 핑계 대며 해산했다.

위드를 죽이기 위해서라면 몇 시간 걸릴 길이라도 기꺼이 움직이겠지만, 사냥하고 있던 유저들이 위기에 빠진 걸 구해 주기 위해 올 만큼의 의리는 없었던 것이다.

설혹 오더라도 이미 전투가 끝날 무렵일 테니 지원군이 안 온 것도 원망할 수만은 없는 처지였다.

헤르메스 길드의 인원은 방대하고, 같은 소속이라는 점만으로 굳이 희생하고 싶은 마음이 들지 않는 것은 누구나 마찬가지였으니까.

헤르메스 길드 유저들은 체력과 마나가 소진되어 그 자리에 앉아서 계속 휴식을 취했다.

"모두 어떻습니까, 오늘 방송은 우리가 결정 지어 준 것 같은데요."

"용기와 실력을 보여 주었죠."

"성채에서 사냥을 하려면 우리 정도는 되어야……."

쐐애액!

대기를 찢는 소리와 함께 화살이 날아와서 떠들고 있는 유저의 가슴에 박혔다.

화르르르륵!

화염이 일어나며 유저를 뒤덮었다.

"꽤액!"

생명력도 얼마 남아 있지 않은 유저는 발버둥을 쳤지만 어딘가에서 화살이 계속 날아와서 곧 사망.

다른 유저들에게도 수십 발의 화살이 빗발치듯이 쏟아졌다.

"도적 떼가 또 덤비는 모양입니다."

"엄폐물로 숨어요!"

유저들은 기둥과 벽 뒤로 몸을 숨겼다.

어떻게든 살아남고 싶었다. 고레벨이 될수록 목숨을 잃었을 때의 대가가 너무 크기 때문이다.

'기다리고 있으면 누군가 물리치겠지.'

'더러운 놈들. 아무도 안 나서다니.'

'도둑 대장도 나와 내 친구가 죽였으니 이건 알아서 해결하겠지.'

지치기도 했고, 위험해서라도 엄폐물 밖으로 뛰어나가는 유저가 없었다.

어쨌든 버티고만 있어도 생명력과 마나는 회복되어 간다. 시간을 끌수록 유리하기도 했다.

하지만 화살이 직선이 아니라 휘어져서 엄폐물 뒤의 유저들에게 적중되었다.

"휘어지는 화살이다!"

벽을 뚫고 들어온 관통 화살도 유저들에게 적중되었다.

'도둑들의 궁술 실력이 이렇게 높지는 않은데?'

적중된 유저들마다 불에 타거나 물이 솟구쳐서 질식되고, 바람에 강타당했다.

정령술까지 보조해 주는 화살.

고개를 살짝 내밀어 본 헤르메스 길드 유저의 가슴이 덜컥 내려앉았다.

위드, 금인이, 엘틴이 복도 끝에서 화살을 쏘면서 걸어오고 있었다.

"위드가 돌아왔다!"

떠난 줄 알았던 위드의 귀환.

하필 이런 때라는 말이 나올 정도로 최악의 순간이었다.

"룰루루."

위드가 콧노래를 부르며 걸어왔다.

"빌어먹을!"

상황이 잘못된 것을 안 유저 중 1명이 과감하게 엄폐물 밖으로 나왔다.

빗발치는 화살들을 피해서 정면으로 달리더니 위드에게로 덤비지 않고 다른 복도로 뛰어갔다.

동료들이 아직 남아 있을 때 그들을 제물 삼아서 탈출하려는 것이었다.

헤르메스 길드의 탁월한 의리!

"저놈이 먼저……."

유저들은 한발 늦은 자신을 탓했다.

그리고 먼저 도망친 유저를 생각하며 자신도 뛰쳐나갈 시기를 가늠했다.

이미 1명이 도망을 쳤으니 위드도 경계하고 있을 것이다.

빨라도 안 좋고, 그렇다고 너무 늦으면 최악이다.

"으아아아악!"

그때 먼저 도망쳤던 유저의 비명 소리가 복도를 울렸다.

"어흥!"

백호가 크게 포효했다.

헤르메스 길드 유저들이 있는 이곳은 이미 포위된 후였던 것이다.

위드가 느긋하게 말했다.

"천천히 해. 어차피 다 죽은 목숨이니까."

상대방의 기분 따위는 아랑곳하지 않는 재수 없는 말투.

마법의 대륙에서도 무차별 학살이나 비열하고 치명적인 술수들로 명문 길드들을 지독하게 괴롭혔다.

하지만 무엇보다도 치가 떨렸던 건 이렇게 한마디씩 내뱉는 말 때문이었다.

신 나게 전부 다 죽이면서 하는 말이 상대방을 좌절에 빠뜨렸다.

"우유 배달하러 가야 하는데 늦었네. 그냥 빨리 갈 걸 그랬나?"

"인건비도 안 나와, 인건비도."

"예전이 좋았는데. 요즘 애들은 영 허약해서 싸워서 흥도 안 나고 재미도 없고."

베르사 대륙에서 패권을 장악하고 있는 헤르메스 길드 유저가 이런 꼴을 당할 줄은 몰랐다.

'놈은 애초에 판을 흔들어 놓고 우릴 죽이려고 했던 거다.'

목숨을 빼앗기게 되어서야 자신들이 처음부터 먹잇감에 불과했다는 사실을 깨달았다.

못 먹는 감을 찔렀더니 땅에 떨어졌다.

위드는 감을 주우러 온 것이다.

"여기군."

완전한 성채의 중심부.

헤르메스 길드를 물리친 이후, 위드는 부하들을 데리고 도둑 대장이 머무르던 장소에 들어왔다.

이곳까지 오는 동안 도둑 떼의 잔당이 남아 있어서 전투가 벌어지긴 했지만 가볍게 끝났다.

"덤벼라, 도둑놈들아!"

바하모르그가 가슴을 쭉 펴고 외치면 투지에 눌린 도둑들은 실력을 온전히 발휘하지 못했다.

도둑 대장이 죽고 다들 흩어져 도망치면서 사기가 이미 엉망이 되었던 것도 이유이리라.

위드는 금고를 발견했다.

몇 개의 부서진 자물쇠 등이 있는 것으로 봐서 도둑 대장이 죽고 난 이후에 도둑들이 열려고 애를 썼던 모양이었다.

대장이 죽은 이후로 시간이 많이 흐르고 나면 도둑들이 재물들을 몽땅 갖고 사라져 버린다. 그러므로 곧장 와야 했다.

위드는 품에서 녹슨 열쇠를 꺼냈다.

도둑 대장을 해치운 헤르메스 길드 유저를 없애고 전리품으로 획득한 열쇠였다.

"내가 전생에 정치인으로 태어나서 나라를 팔아먹은 줄 알았는데. 으음, 그래도 가끔 복이 아예 없는 게 아닌 걸 보면 뇌물은 조금 받았어도 마음씨는 착한 공무원이었던 모양이야."

위드는 열쇠를 넣고 돌렸다.

끼릭.

금고가 열리고 나타난 보물들.

금은보화라는 말 그대로 금괴와 은화, 보석이 금고에 가득 담겨 있었다.

"으헤헤헤헤."

위드의 입가가 찢어졌다.

"꼴꼴꼴꼴!"

금인이도 옆에서 같이 기뻐했다.

띠링!

골드마인 던전, 아타로그 마굴, 완전한 성채는 시작에 불과했다.

위드는 방패의 무덤, 고원의 마법사 던전, 발키리의 비밀 기지 등을 습격하여 헤르메스 길드 유저들을 몰살시켰다.

불과 사흘이라는 기간 동안에 죽은 유저들만 무려 470명!

옛 브리튼 연합 왕국과 라살 왕국의 넓은 지역을 오가면서 활동을 하였다.

그 여파로 인해 던전과 마굴, 사냥터에 있던 헤르메스 길드 유저들은 위축될 수밖에 없었다.

위드는 짭짤한 재미를 봤지만 그렇다고 해서 습격에만 열을 올린 것도 아니다.

헤르메스 길드가 본격적으로 치안 확보에 열을 올리고 있었기 때문에 유명한 던전들이 많이 비어 있었다.

일반 유저들이 사냥을 하고 있는 던전에 조각 변신술로 위장을 한 채 피 같은 입장료를 내고 끼어들었다.

물론 목적은 평범한 사냥은 아니고 업적을 달성하는 데 있었다.

> –블랙 서번트 던전의 모든 구역을 격파했습니다.
> 몬스터들을 제압하여 용맹을 과시하였습니다.

> –킹덤 요새의 지하 미로를 샅샅이 파헤쳤습니다.
> 지리학의 새로운 지평을 열어서 지력이 2 증가합니다.

> –일레이자 산맥의 던전에서 보스 몬스터 구드렌을 포획했습니다.
> 연구를 위해 마법 길드로 데려간다면 대단한 보상을 얻을 수 있을 것입니다.

조각 파괴술을 써서 사냥 속도를 올리고 단숨에 업적 달성!

서윤도 가능한 참여해서 혜택을 누렸고, 던전 안에서 세빌과 게르니카 등의 조각 생명체들을 소환해서 업적을 완수했다.

위드 혼자 들어갈 때에는 조각 생명체들이 최소 15마리에서 25마리까지 함께 업적을 달성했다.

세바스의 땅속 미로가 특히 압권이었다.

와삼이가 비좁은 통로에서 날개를 접고 뒤뚱거리며 따라왔다.

"꾸끼잇! 덥고, 어둡고, 답답하다."

악어 나일이는 두껍고 길쭉한 체형으로 인해 동굴 모서리에 몸통과 꼬리가 끼여서 고생했다.

"끄어어어어업!"

"입 다물고, 꼬리로 땅 치지 말고 빨리 걷기나 해. 아무튼 이 무능한 놈들은 내버려 두면 살만 찌는 것 같아."

위드와 조각 생명체들이 지나가는 것을 일반 유저들은 경이로운 시선으로 보았다.

그 광경이 사뭇 놀랍고 대단하기도 하였던 것이다.

"위드 님, 저기, 사인 좀……."

"사인은 안 합니다. 대신 조각품이 있는데, 사실래요?"

"얼마인데요?"

"이것도 인연인데 1개마다 30골드면 좀 손해 보고 팔아도 될 것 같기도 하고."

"살게요. 10개 주세윰!"

"귀엽고 예쁘시니까 팔아 드리는 겁니다."

"네네, 영광으로 생각할게요."

인기를 이용한 조각품 강매!

와이번과 빙룡, 누렁이의 조각품은 어딜 가나 인기였다.

"오전에 1,000골드 넘게 벌었으니 너희한테 모델료를 주지. 각자 5실버씩이다. 매일 이렇게 버니까 얼마나 좋아."

"금방 부자가 될 것 같다, 음머어어어."

"다 주인 잘 만난 덕에 호강하는 거지."

시세를 잘 아는 유저들은 가끔 눈살을 찌푸리기도 했다.

"상점에서도 구입할 수 있을 정도로 흔한 나무 조각품인데요. 아무리 위드 님이 직접 파시고 선물용으로도 좋다지만 소재가 조금 바가지 느낌이……."

위드는 기분이 나빴다.

예술가의 혼이 담긴 작품에 상업적인 잣대를 들이대고 가격을 책정하다니, 마음이 아팠다. 어떤 재료를 썼는지가 중요한 게 아니라, 작품 자체를 봐야 할 게 아닌가.

그럴 때면 위드는 낮은 목소리로 말했다.

"그럼 얼마까지 낮춰 드릴까요. 먼저 제시해 주세요."

"죄송해서 어떻게 먼저 말을 하겠어요."

"그냥 편하게 이야기해 주세요."

"30골드는 비싸니까 20골드요?"

"저는 예술가로서 작품이 비싸게 팔리기보단 많은 사람들이 봐 주기를 바랍니다. 그러니까 팔겠습니다."

원재료값이 전혀 들지 않았으니 팔기만 하면 남는 장사였다.

사냥을 하면서 휴식 시간마다 주변에서 주운 나무토막이나 돌을 이용해서 조각을 하는 건 시간도 길게 들지 않았다. 공장에서 기계로 깎는 것만큼이나 빠른 속도로 제조가 가능했던 것이다.

헤르메스 길드 유저를 잡아서 얻는 전리품과 금화에 비해서는 적은 돈이지만, 조각사로서 작품을 만들어서 파는 본분은 지켜야 했다.

시간 조각술을 펼칠 수 있는 찰나의 에너지를 얻는 방법은 모험을 비롯하여 여러 가지가 있지만 최선은 역시 조각이다.

유저들에게 조각품을 나눠 주면 가끔 찰나의 에너지가 증가했다.

눈곱보다도 적게 오르는 조각술 스킬 숙련도. 조각술 마스터까지는 한 발자국 정도 남겨 놓고 있었으니 이것도 중요했다.

하벤 제국 습격

위드가 종횡무진 중앙 대륙을 오가면서 활약을 하니 일거
수일투족이 유저들에게 알려지게 되었다.

"들으셨소? 북쪽 대륙의 왕은 용감무쌍하다는구려. 기사
인지 도둑인지 모를 하벤 제국의 살인마들이 그에 의해 죽어
나가고 있어."

"제국의 살인마들을 퇴치해 주는 영웅이 나타났대!"

"마침내 구드렌이 잡혔지! 내 살아생전에 그놈이 붙잡히게
될 줄은……. 그 일을 해낸 사람은 위드라고 합니다."

주민들이 매일 떠들고 있었다.

헤르메스 길드의 기사, 마법사 들이 매일 목숨을 잃었고,
퀘스트들이 사상 초유의 속도로 해결되고 있었기 때문이다.

위드는 전투 영상을 방송국에도 팔아먹었다.

"그동안의 관계도 있고, 오늘 영상은 다른 방송국들에는 아직 넘기지 않았습니다."

"오오, 독점입니까?"

"3시간 동안은요. 입금은⋯⋯."

"바로 해 드리겠습니다."

"크후후후후."

방송국들은 위드의 전투 영상을 최대한 빨리 편집해서 방송했다. 웬일인지 시청자들의 반응이 뜨거웠던 것이다.

-캬아, 멋지네요. 이 주옥같은 전투 실력.

-감칠맛이 그냥⋯⋯.

-게임 방송을 보다가 날을 꼬박 새웠어요. 월차라도 쓰고 끝까지 봐야 할 듯.

하벤 제국이 대대적으로 침략해서 벌어졌던 북부 전쟁에 비하면 별 내용도 없었다. 규모 면에서도 비교가 불가능했다.

그런데 시청률은 오히려 그때보다 훨씬 더 높게 나와서, 위드의 웬만한 중요 모험들을 넘어설 정도였다.

조각술 최후의 비기 퀘스트, 대지의 궁전 전투 이후로 침체되어 있던 방송국들에 활기가 돌았다.

아르펜 왕국의 새로운 왕궁은 북부의 건축가들에 의해 벌써 왕궁의 형태를 드러내고 있었다.

건축가들이 부지런하다고 해도 믿을 수 없을 정도로 빠른 공사 속도였다.

과거의 대지의 궁전은 장엄한 산봉우리들에 띄워진 왕관 모습으로 멀리서도 그 아름다움을 볼 수 있었다. 그러나 붕괴된 이후 똑같이는 지을 수 없었기에 방법을 달리했다.

―높게 짓지 못한다면, 넓고 크게 짓겠다.

"조각사들이여, 아르펜 왕국을 위해 축배를 듭시다."

"우아!"

"이 모라타산 포도주로 실컷 취하고 나서 모두가 합심하여 건설을 합시다. 그리고 다시는 우리의 건축물이 무너지지 않도록 합시다."

건축가들의 결의는 대단했다.

야심차게 완공했던 대지의 궁전이 결국 붕괴되긴 했지만 그 일을 계기로 하벤 제국군이 커다란 피해를 입고 궤멸하게 되었다.

그 사건은 건축가들에게는 긍지와 자존심으로 남았다.

대지의 궁전은 대단한 건축물이었지만 지형상에서 비롯된 여러 가지 한계도 가지고 있었다는 점을 깨달았다.

북부 대륙 전체를 대표하기에는 너무 작았으며, 시공이 어려웠고, 방문객들 역시 불편했다. 면적과 건축물의 규모 면에서도 더 이상 키울 수가 없었다.

이제는 진정한 번영을 위한 왕궁 건설이 개시되었다.

잔해들은 전쟁터가 되었던 넓은 대지 한쪽으로 치우고, 평원 전체를 바둑판처럼 표시했다.

구역별로 나누어서 순서대로가 아니라 전부 한꺼번에 공사를 시작한 것이다.

"다들 기운내서 해 봅시다!"

왕궁은 자신이 맡은 구역은 처음부터 끝까지 해당 건축가들이 책임을 지는 방식으로 해서 건설 속도를 믿기 힘들 정도로 끌어 올렸다.

실력이 미숙한 건축가들은 보조로 채용되어 옆에서 일을 배우면서 도왔다.

건축 재료로 사용되는 과거 왕궁의 잔해, 산사태로 무너진 어마어마한 흙과 돌이 매일 눈에 띄게 줄어들었다.

방대한 면적에 건물들이 동시에 세워지고 있었으며, 건축가들의 자존심 경쟁에도 불이 붙었다.

자신의 이름이 걸린 건축물이 주변보다 못하다면 그보다 더한 창피란 없었다.

달빛
조각사

장차 왕궁은 아르펜 왕국을 대표하는 건축물이 될 테고, 건축가들에게도 마찬가지였다.

밤낮을 가리지 않고 진행된 건설의 대현장!

왕궁의 핵심 건물들은 하벤 제국의 황궁을 건설했던 미블로스가 맡았다.

대륙 최고의 건축가이기도 한 그는 이번 공사에 자신의 모든 역량을 집중시켰다.

"국왕이 빛을 다루는 조각사. 그리고 자연을 이용할 줄도 안다고 하니 왕궁의 아이디어로 충분할 것이다."

건축 부분에서도 빛의 역할은 중요하다.

건축물은 한낮의 외관과 밤에 보이는 외관까지도 고려해야 했다.

왕궁은 아르펜 왕국을 상징하는 건물이라서 대낮에는 크고 위엄이 있으면서도 섬세하고 화려하기까지 해야 한다.

한밤에도 온화하고 따뜻한 느낌이 있어야 했다.

건축 외부 설계와 재질로 극복해야 하는 부분이었지만, 미블로스에게는 그리 어려운 공사도 아니었다.

"근데 정작 중요한 지붕을 어떻게 만든다?"

왕궁 건물에서 핵심은 지붕을 꾸미는 양식이다.

몇 개의 꼭대기를 어떤 형식으로 짓느냐에 따라서 느낌이 천차만별이었다.

둥글거나 각이 있거나 뾰족하거나, 한 시대를 풍미하는 대표적인 건축양식들이 있다.

대부분의 왕궁들이 얼추 비슷한 느낌의 기본 형태가 있었지만 아르펜 왕궁만의 특징을 살려 주고 싶었다.

아무리 애써서 튼튼하게 짓더라도 디자인이 잘못된 건물, 사람들이 편리하게 이용하지 못한다면 실패작에 불과하다.

너무 크고 복잡하고 빼곡하게 지어진 건물도 왕궁으로서는 잘못되었다.

건축가 역시 일종의 예술가라고 할 수 있지만 이용자들의 편의까지도 항상 고려해야 했다.

미블로스는 대륙 최고의 건축가.

조각사로서 정점의 자리에 있는 위드에게 별 볼일 없는 왕궁을 지어 준다면 스스로가 창피하여 다시는 삽을 들지 못할 것이다.

"그래, 대지의 궁전은 산 위에 있었지. 짧지만 추억이고 역사라고 할 수 있으니 일부라도 기억하고 보존할 수 있도록 해야겠구나!"

대지의 궁전을 지탱하던 7개의 봉우리.

왕궁 지붕에는 7개의 새하얀 탑을 세웠다.

조각사들의 지원을 받아서 흰 벽돌 하나하나마다 북부에 사는 동물과 식물, 지형을 섬세하게 새겨 놓았다.

지상에서 보이진 않겠지만 상징적인 의미였다.

중앙의 가장 높은 탑에는 적의 침략을 방심하지 말자는 의

미로 축복받은 은으로 만든 종을 걸어 놓았다.

왕궁의 본건물은 여러 개의 층으로 나누지 않고 천장까지 확 트이게 해서 개방감을 중요하게 두었다.

1,000명 이상을 수용할 수 있을 정도로 넓은 중앙 홀에서는 국왕이 대소사를 처리할 수 있도록 했다.

위드가 중앙 홀에서 국가의 내정을 돌보거나 기사를 임명한다면 대단한 명장면이 나오게 될 테지만, 평소에는 관광객들이 올 테니 그쪽으로도 다분히 신경을 썼다.

건물의 천장과 벽의 창들이 햇빛을 비추게 하여 밝은 미래를 표현했다.

조각사들이 뒷마무리 작업을 했으며, 그 이후에는 화가들이 천장과 벽에 색칠을 진행했다.

천박하게 하벤 제국의 황궁처럼 보석과 황금은 일절 쓰지 않고, 고급 석재에 수많은 유저들의 노력으로 완공된 왕궁 건물.

꽃과 나무, 호수를 꾸며 놓아서 단조롭지 않고 포근한 느낌을 주었다.

조인족을 배려해서 넓은 잔디밭에 큰 나무들도 옮겨 심었더니 휴식과 놀이의 명소처럼 되었다. 아직 공사 현장이 주변에 즐비한데도 풀밭에 누워서 자는 참새들을 흔히 볼 수 있을 정도였다.

북부의 대표적인 건축가 파보는 왕궁 건물들의 구역을 정해 주고 도로와 성벽을 맡았다.

지금까지 위대한 건축물을 진두지휘했던 그이니 욕심을 내도 뭐라 할 사람이 없었을 텐데도 통 크게 양보했다.

중앙 대륙에서 건너온 실력 있는 건축가들이 맡은 구역에 최선을 다하게 하기 위함이었다.

대지의 궁전이 그렇게 대부분의 형태를 성공적으로 갖추고 있을 무렵, 새벽의 도시 역시 엄청난 변혁을 맞이했다.

도시계획을 세운 건 솜씨가 뛰어난 건축가들이었지만 그 이후로 그들은 왕궁 건설에 매달리게 되었다.

결국 새벽의 도시는 초보 건축가들이 맡아서 했기에 부족한 점이 많으리라 예상되었다.

평원을 대도시로 바꾸기란 아득할 정도로 막막하기만 한 일인 것이다.

광장 하나만 시공하더라도, 사람들이 편하게 이용하면서도 아름답기란 대단히 힘들다.

다른 건물들과의 조화도 고려해야 했으며, 상업 지구와 주택 지구, 용병 길드와 직업 길드 등이 있는 거리로의 동선까지도 감안해야 했다.

강에서 작은 물길이라도 끌어와서 도시를 꾸미려고 하면 건축가들은 머리가 깨질 것만 같았다.

"어떻게든 만들 수야 있겠지만… 과연 우리가 최선일까요?"

"제가 만든 광장과 거리를 오가는 유저들이 여긴 왜 이렇게 만든 것인지 모르겠다면서 불평을 쏟아 내는 광경을 상상하면 너무 두렵습니다. 끔찍해요."

모라타의 경우에는 위드가 통 크게 광장들을 막 지어 놓고 유저들이 이용하게 되었다.

유저들이 막 늘어나고 있었으니 넓고 크게 짓는 것으로 일단 대충 때웠다.

그 이후에 초보자들이 자리를 잡았으며, 상인들과 예술가들이 광장과 거리를 따뜻하게 꾸몄다.

그러나 새벽의 도시는 철저한 계획도시였으며 정치와 상업의 중심지로 성장하여야 했다. 그저 대충 만들어 놓고 시간이 흐르면 알아서 해결되기만 기대할 수는 없었다.

"우리로는 무리예요. 다른 직업에도 도움을 구해 봅시다."

왕궁이 기초 형태를 잡을 때만 기다리며 몰려온 화가들과 조각사들이 관심을 가졌다.

"도시라면 예뻐야 되겠죠? 건물들의 디자인과 색감은 제가 아이디어를 내 보죠."

"광장 건축이라… 분야가 건설이지만 일종의 조형예술이라고도 할 수 있는데요. 조각사가 못할 리 없을 겁니다. 만분의 일로 축소한 모형을 만들어 보죠. 착수금이나 선금을 주신다고요? 필요 없어요. 언제부터 조각술로 돈을 벌었나요, 하하하."

화가들이 도시의 구조를 가다듬고, 조각사들은 구체적인 형태를 꾸몄다.

특히 건축가들이 시공 부분에 일손이 더 필요하다고 했을 때 조각사들은 흔쾌히 수락했다.

"벽돌쌓기는 심심풀이 취미이고 모래 운반도 많이 해 봤어요. 어디서 했냐고요? 로열 로드에서 조각사한테 남아도는 게 몸과 시간밖에 더 있나요. 돈을 벌려니까 뭐든 했지요. 제 친구도 취직을 하고 싶어 하는데 고용해 주실래요?"

"무, 물론입니다."

조각사들은 기가 막히게 일을 잘했다.

손으로 다루는 것에서부터 무겁거나 힘든 일까지도, 맡겨 놓으면 척척이었다.

예술가로서 책임감이 있으니 대충 하지 않아서 깔끔하게 마무리가 되었다.

-야, 살아 있냐.

-으응. 버티고는 있지.

-조각품은 잘 팔려?

-어제는 2개, 오늘은 1개. 운이 좋았지. 내일까지 빵 사 먹을 수 있어. 이틀 굶으면 이번 주도 지나간다.

-바빠?

-분수대에서 물 떨어지는 거 보고 있다.

-일거리가 있는데, 아르펜 왕국으로 올래?

- 일거리?

- 몇 달은 할 수 있을 만큼 많아.

- 저기, 돈은…….

- 능력과 업무량에 따라서 받는데, 그날그날 안 떼어먹고 줘. 나도 아르펜 왕국으로 와서 판잣집도 마련해 놓고 살잖아.

중앙 대륙 예술가들의 도시, 로디움의 조각사들이 술렁이기 시작했다.

"뭐? 일거리가 있다고?"

"강제로 부려 먹지 않고 돈을 줘? 건설 예산이 몇천만 골드?"

"잠깐, 다시 말해 봐. 먼저 갔던 놈들이 집까지 사서 떵떵거리고 지내고 있단 말이야?"

로디움의 조각사들.

한때 위드가 조각술의 대유행을 일으키고 나서 조각사 직업을 선택하는 비율이 대폭 늘었다.

이른바 위드의 2세들.

하지만 변변치 않은 조각사들이 살아가기에 대륙은 너무나도 가혹했다.

조각술의 대유행이 지나가고 나자 웬만한 조각품들은 오히려 팔리지 않는 기현상이 벌어졌다. 유저들마다 호기심에 몇 개씩 샀지만 더는 필요가 없었던 것이다.

왕족이나 귀족에게 팔기에는 실력이 모자라고, 전쟁이 벌어지면서 중앙 대륙에서 예술에 대한 관심도 멀어졌다.

정확하게는 헤르메스 길드에서 본격적으로 조각사들을 박해했다. 이유는 단순히 위드가 떠오른다는 것 때문이었다.

도시와 마을의 시장에서 조각품을 팔면 많은 돈을 세금으로 바쳐야 했다.

조각사들은 조각술이 천대받는 상황에 억울함을 느끼며 좌절했다.

전투 계열 직업으로 전직을 해서 떠나거나, 미련을 버리지 못해 하루하루 버텨 갔다.

오죽하면 로디움 주변에는 멀쩡한 나무가 한 그루도 남아 있지 않을 정도였으니 이들의 노력이 부족하다고 탓할 수만도 없는 상황이었다.

"북부가 조각사에게 천국이라던데."

"소문을 듣긴 했는데 정말이었어? 조각사들이 살 만한 곳이 이 세상에 있단 말이야?"

"내 친구도 북부로 가서 살잖아. 조인족들만 전문적으로 조각해 주고 보상으로 알을 받는데, 그거만 팔아도 하루에 수십 골드래."

로디움에서 조각사들이 이동하기 시작했다.

순수 조각사들은 전투 능력이 형편없어서 도시 밖으로 나가기도 부담스럽다. 그나마 입에 풀칠하기 위해 사냥을 해 온 조각사들의 호위를 받으며 북부를 향해 걸어갔다.

"아르펜 왕국까지는 아주 멀다는데 무사히 도착할 수 있을까?"

"몬스터가 나타나서 죽는 거랑 길을 가다가 굶어 죽는 거랑 어떤 게 먼저일까. 그냥 있는 건 죽느니만 못하니 가자."

하벤 제국은 대륙 봉쇄령을 내리고 북부로의 이동을 막고 있었다. 일정한 경계선을 그어 놓고 순찰대에 의해 그곳을 넘어간 유저가 발견되면 즉시 처형한다.

조각사들은 하벤 제국의 영토를 우회하기 위해 멀리 돌아갔다.

이들의 움직임은 헤르메스 길드로도 전해져서 처형 명령이 떨어졌다.

-조각사들 따위는 대세에 상관없지만, 북부로 넘어가는 이들이 생겨서는 안 된다.

기사단이 추격해 왔다.

조각사들은 죽기 살기로 도망쳤지만 잡혀서 죽었다. 하지만 다시 살아나면 북부로 방향을 잡고 계속 걸었다.

가슴을 뜨겁게 만든 희망!

조각사로서 다른 길로 빠지지 않고 끝까지 버텨 온 이유는 언젠가는 인정받으면서 살고 싶다는 희망 때문이었다.

억눌릴수록 커져 가는 꿈들.

마침내 그 소식을 듣고 조인족들이 출동하여 조각사들을 새벽의 도시로 데려왔다.

로디움에서 출발한 조각사들은 여정을 풀기도 전에 공사에 투입되었다.

새벽의 도시는 건축가들에 의해 시작되었고, 화가들이 자세한 윤곽을 가다듬었으며, 조각사들이 전반적인 공정을 맡았다.

도시의 기초가 닦인 이후로는 판잣집이 저렴하게 분양되었고 초보자들도 시작할 수 있게 되었다.

대지의 궁전 전투를 마치고 떠나지 않고 공사에 참여한 유저들도 많이 있었지만, 그들로는 왕궁과 도시를 동시에 건설하기에는 무리가 있었던 것이다.

"일이다, 일!"

"돈을 법시다. 으쌰쌰!"

일정 기간 동안 도시를 벗어날 수 없는 초보자들에게 널려 있는 일감들이란 대환영!

자유롭게 돌아다닐 수 있는 유저들이 멀리 산에서부터 건축 자재를 가져오면, 성문 이후부터는 초보자들이 이를 운반했다.

땅파기, 돌 깔기, 벽돌쌓기는 물론이고 천장 보수 공사까지도 쓱싹 해냈다.

"야, 우리 대박 신기하지 않냐. 집에서는 귀찮아서 형광등도 교체하지 않고 버티는데."

"말도 마라. 우리 집 베란다에 있는 수도꼭지는 2년째 고장 나서 안 나온다."

"다들 말 그만하고 일이나 해. 이 건물 다 지어야 장검값 번단 말이야."

전 세계에서 대학에 진학한 고등학생들과 제대한 군인, 20대와 30대 백수들이 몰려들고 있었다.

그들이 한창 접속할 시기마다 신규 유저가 몇십만에서 백만 단위로 늘어난다.

베르사 대륙 전체를 놓고 봤을 때 통계상 모라타에서 시작하는 유저가 가장 많았지만, 새벽의 도시도 5위권 안에 들어갔다.

유저들은 희망찬 미래를 설계하며 노가다에 투입되었다.

대지의 궁전과 새벽의 도시는 아직 부족한 점이 많지만 규모와 속도만큼은 애초 계획 이상으로 진행되고 있었다.

"우리 앞으로도 쭉 일할 수 있겠다."

"건물들 마감하면서 조각술 실력도 늘고 있어. 기둥이나 벽에 조각하는 것도 재미가 있고 말이지."

"저쪽에 쌓인 모래와 돌들 봤지? 저거 다 우리가 받을 일당이야."

"건축가님, 위대한 건축물은 언제 지어요? 우리 오늘 당장이라도 시작합시다."

"크하하하하!"

검삼치는 광소를 터트렸다.

수많은 유령들이 하늘과 땅에서 창과 검을 들고 날아왔다.

유령들이 착용하고 있는 복장은 희미하지만 과거 전쟁의 시대의 갑옷과 의복이었다.

팔로스 제국의 보물에 깃들인 원한 깊은 유령들.

대지의 궁전 전투가 끝나고 나서 검치 들은 손맛에 아쉬움을 느꼈다.

"고작 하루 만에 전투가 끝나?"

"이럴 거면 아껴 먹으려고 기다렸던 보람도 없군. 몸도 아직 덜 풀렸는데."

마음은 간짜장 곱빼기에 탕수육과 깐풍기, 팔보채까지 해치워야 하는데 현실은 단무지뿐인 것 같았다.

전투에 대한 정신적인 갈증을 간절하게 해소하고 싶었다. 그런 차에 페일과 메이런, 이리엔 등이 보물을 발굴하는데 유령들이 너무 많이 나온다고 도움을 청하니 기꺼이 달려왔던 것이다.

검삼치는 유령들을 향해 외쳤다.

"투쟁의 파괴자인 나에게 덤벼 보라!"

"안 돼요!"

이리엔이 비명을 질렀다.

검삼치를 향하여 유령들이 마구잡이로 덤벼들었다.

팔로스 제국의 보물에서 발굴된 유령들의 전투력은 호락 호락하지 않았다. 유령들을 차근차근히 제거하고 정화하고 있었는데 갑자기 검삼치가 흥이 난다면서 혼자 달려 나간 것 이다.

"축복을 받은 검이 아니면 제대로 타격을……."

"폭풍52연격!"

검삼치는 날아오는 유령들을 마구 베었다.

기사단과 싸우듯이 창대를 쳐 내고 검을 막아 내면서, 온 체중을 실어서 적을 베어 버린다.

땅에서 일직선으로 돌격하는 기사가 아니라 복잡한 움직 임을 보일 수 있는 유령이었기에 훨씬 변화무쌍했다. 하지만 그 유령들을 검으로 찌르고 베었다.

-끼힐힐힐! 인간이여, 어리석은 힘으로 때려도 난 소멸되 지 않는다, 이 멍청아.

"그렇게 생각하냐? 때리는 분야에서는 내가 전문가야. 죽 을 때까지 처맞아라!"

검삼치는 유령들을 마구잡이로 난타했다.

-투신 바탈리의 축복이 적용되었습니다.
투신 바탈리는 그대의 전투를 보며 기뻐하고 있습니다.

투신의 축복.

모름지기 바탈리는 싸움밖에 모르는 신에 속한다.

착하게 살거나 나쁘게 살거나 상관하지 않고, 심지어는 살인자라고 해도 투쟁의 파괴자로 임명하고 축복을 부여해 준다.

베르사 대륙을 통틀어서 총 5명이 투신의 축복을 받을 수 있는데 확실히 이름이 알려진 이들 중에서 3명이 헤르메스 길드 소속이었다.

바탈리 교단에 거액의 헌금을 바쳤으며, 길드의 도움을 받아서 일부러 힘겨운 전투를 조작하여 치르고 나서 투쟁의 파괴자로 임명되었다고 한다.

바탈리 교단의 성서에 투쟁의 파괴자라는 부분이 있어서 시도한 것인데, 몇 번의 죽음 뒤에 얻어 낸 값진 성과였다.

검삼치는 대지의 궁전 전투에서 몸으로 때우고 살아남아서 임명되었다.

아마 검치 들 중에서 생존자가 많았다면 더 임명될 수도 있었을 테지만, 너무 열심히 싸우는 바람에 전투의 막바지까지 살아남은 사람이 드물었다.

"크하하하하하하!"

검삼치가 만신창이의 몸이 되어서 웃음을 터트렸다.

완벽하게 미친 인간처럼 보이는 광경이었다.

검육치 이하 수련생들은 몸을 부들부들 떨었다.

"부럽다."

"멋있어. 역시 삼치 사형이다."

"너희 똑똑히 봐라. 저것이 바로 사나이다."

평범한 사람이 아닌, 검에 미친 인간들.

"우워어어어!"

검치 들이 일제히 돌격했다.

—이, 인간들이 몰려온다.

—우린 무적의 마폰 제국의 기사단. 기사단이여, 들어라. 인간들의 도전을 피하지 말고 정면으로 받아 줘라.

—오오오오, 돌격이다!

유령들과 검치 들의 대전쟁.

철퇴와 도끼를 들고 서로 돌진하고, 검들이 부딪쳤다.

메이런이 손으로 이마를 덮었다.

"맙소사. 이건 아니었어."

수르카는 이빨을 드러내면서 씩 웃었다.

"이런 게 전투라니까요!"

그리고 검치 들과 유령들이 전투를 벌이는 한복판으로 뛰어들었다.

이리엔은 사제복의 소매를 걷었다.

"힘겹겠지만 마나가 떨어지기 전까지 1명도 죽이지 않겠어!"

전투 구경만 하는 사제는 멍하니 있느라 심심할 때가 많았다. 그러나 어려운 전투가 벌어지게 되면 누구보다도 눈이 초롱초롱 빛난다.

마나가 떨어지지도 않은 시기에 전투 중인 동료가 죽는 경우는 사제에게 패배와 다름없었다.

상황상 갑자기 공격이 집중되어서 치료 능력이 뒤따라가지 못하거나 하는 경우야 있지만 그렇더라도 생명을 좌우하는 사제는 마음이 불편했다.

방어와 치료를 전담하는 사제의 권한은 막강해서, 때때로 파티를 이끌기도 했다.

몬스터가 강할수록 승리는 공격력 못지않게 얼마나 버틸 수 있는가에 좌우되었으니 치료가 가능한 상태를 봐서 도망을 결정할 수 있었다.

이리엔은 일반적인 사제들과는 다르게 웬만하면 도망치자는 포기 선언을 하지 않았다.

"음, 살 수 있겠는데요? 한번 해 봐요!"

마나를 낭비하면 정작 필요한 순간에는 회복 마법을 쓰지 못한다. 그래서 생명력이 간당간당한 순간이 많았지만, 이리엔은 어쨌건 버티면서 동료들이 죽도록 내버려 두지는 않는다.

동료들이 파티의 전멸을 우려하면서 소극적인 상태에서 싸울 때와, 실컷 제대로 실력 발휘를 할 때는 전투력이 다르다.

방어가 안정적이 되어야 공격에 자신감이 붙었다.

"에이, 뭘요. 제가 한 게 뭐가 있다구요. 저는 그냥 구경이나 하면서 있었어요. 다 여러분 덕분인걸요."

이리엔은 치료 능력을 칭찬받을 때마다 다른 사람들이 잘 싸워 주었기 때문이라고 공을 돌렸지만, 그녀가 있기에 모두 마음 놓고 싸울 수 있었다.

개인들의 전투 능력도 판단이나 순발력에 따라서 차이가 났다. 하지만 파티나 원정대, 공격대의 규모에서는 사제의 능력이 전력을 결정적으로 좌우했다.

사제는 파티의 중심이 되어서 방어와 치료를 맡아 주는 역할이기에 어디서나 존경을 받는 직업이었다.

더군다나 이리엔은 치료에 푹 빠진 타고난 사제였다.

도시에서도 지나가는 유저들에게 치료와 축복을 걸어 주면서 스킬을 높였다.

사제들은 레벨보다도 신앙심과 치료 스킬의 숙련도가 높아야 했는데, 그녀는 어떤 유저와 비교해도 꿀리지 않았다.

"크핫핫핫!"

"다 때려 부숴라!"

검치 들이 활약하는 가운데 페일도 말없이 활을 들었다.

사람을 겪어 보는 것도 하루 이틀이다. 이 정도 같이 지내 봤다면 당연히 이렇게 될 줄을 예상하고 있었어야 정상이다.

"멀티플 샷!"

페일의 화살이 수십 발씩 유령들을 관통했다.

이렇게 유령들이 밀집해 있는 장소에서 궁수의 공격력은 그야말로 발군.

검치와 사범들, 수련생들의 활약으로 열흘 만에 유령들이 깨끗하게 소탕되었다.

도저히 그 기간에 해치울 수 있는 양이 아니었는데 지독하게도 유령들과 사냥만 했던 것이다.

메이런이 대표로 그들에게 인사했다.

"고맙습니다. 여러분이 아니었으면 우리 힘으로는 해내지 못했을 거예요."

그녀가 감사의 마음을 담아서 살포시 웃었다.

방송인으로서 시청자들의 지적을 통해 갈고닦은 세련된 웃음이었다.

검치와 검둘치는 무겁게 입을 다물고 있었다.

여자 친구들이 있는 그들이 무슨 말을 하겠는가.

'모름지기 처자식이 있는 남자라면 외간 여자와 함부로 이야기도 나누어서는 안 되는 것이다.'

커피나 한잔 하자고 하면 가슴이 덜컥 내려앉을 구식 남자들.

서열상으로 그 아래에 있는 검삼치가 쭈뼛거리면서 다가왔다.

"흠흠, 저기요."

"편하게 말씀하세요. 제가 훨씬 어리잖아요."

메이런은 봄꽃처럼 화사하게 웃었다.

화령과 벨로트가 있어서 그동안 그녀가 외모에서 눌려 있었을 뿐이다.

"그래도 어떻게 말을 놓겠습니까."

"너무 어색해서 그래요. 저는 집에도 오빠들이 많아서 편하게 대해 주시는 게 좋아요."

"그럼 다 된 것이냐?"

대번에 검삼치의 말투가 바뀌었다.

반말에, 조선 시대 양반들이 썼을 법한 낮게 깔린 근엄한 말투.

"네. 일단은 정리가 되었는데요, 아직 이 호수 밑에 깔려 있는 보물들이 많아서 파내야 돼요. 마판 상회에 인부를 보내 달라고 연락을 했으니 저희끼리 해 보고 정 안 되면 다시 도움을 청할게요. 그래도 되겠죠?"

"물론이다. 암, 언제든 필요하거든 부르거라!"

나이가 더 많고 외모상으로는 삼촌뻘의 검삼치이기는 했지만 양반 말투는 영 어색하기 짝이 없었다.

그럼에도 수련생들은 여전히 존경스러운 눈빛을 보냈다.

'여자와 이야기도 잘하시는군.'

'역시 남자는 힘이야, 힘! 저렇게 당당하다니, 부럽다.'

그러다가 무슨 생각이 들었는지 검삼치가 고개를 갸웃했다.

"땅에 파묻혀 있는 보물이라면, 삽으로 파낸다는 뜻이더냐?"

"네에, 그래요."

"인부는 몇이나 불렀느냐."

"30명이에요."

"그렇다면 기다릴 필요가 무어 있겠느냐. 여기에 노는 사람이 이렇게나 많은데."

검삼치가 자신의 밑으로 쭉 둘러보았다.

"너희 할 일 없지?"

"물론입니다."

"삽질 좀 해 볼까?"

"어서 땅을 파고 싶습니다!"

수련생들이 남부 사막지대로 절반 가까이 원정을 갔지만 그 나머지는 모두 이 자리에 모여 있었다.

검삼치가 당당하게 메이런을 보았다.

"우리가 파내면 금방일 것 같은데. 우리에게 맡겨 주지 않겠느냐."

"그래도 죄송해서 어떻게 그렇게까지 도와 달라고 할 수 있겠어요."

"아니다. 돕고 싶어서 하는 것이니 괜찮다."

검삼치 이하 모든 수련생들이 삽질을 시작했다.

땅을 파다가 보물이 나오면 이리엔이 정화의 의식을 치러서 유령을 소멸시킨다.

하지만 물건마다 유령이 때때로 여러 마리가 뒤늦게 튀어나오는 경우도 있었고, 금화가 가득 든 보물 상자에서는 수십 마리씩도 튀어나왔다.

지난번에도 그래서 유령들에 의해 보물과 지역을 장악당하고 말았다.

-후히히힝!

-크하하하! 드디어 세상에 다시…….

"뒈져!"

검사백구십오치는 그냥 삽자루로 두들겨 팼다.

무기술은 무엇이든 사용할 수 있기 때문에 정말 유용했다.

진흙 속에 파묻힌 보물 중에서 심상치 않은 광채를 번뜩이는 흑검이 발굴되었다.

마폰 왕국 백작의 유령.

-미련한 인간들, 날 깨운 대가를… 크허헉.

백작의 유령은 주변을 살펴보고 나서 경악했다.

검치와 검둘치를 비롯하여 250여 명에 달하는 건장한 체구의 남자들이 무기를 들고 있었던 것이다.

대검, 창, 철퇴, 양손도끼 등 살벌한 무기로 무장한 채 눈을 번뜩였다.

"간만에 손맛이 있을 것 같은 놈이다."

"보스급 같은데 말입니다, 스승님."

"심심하던 차에 잘되었구나. 욕심 부리지 말고 공평하게 각자 한칼씩만 먹여라."

"옛. 스승님의 말씀을 들었지, 한칼씩이다!"

검치를 시작으로 해서 사범과 수련생들이 마구 달려들어서 백작의 유령을 해치워 버렸다.

로열 로드에서는 힘과 민첩, 체력 등에 따라서 믿기 힘들 정도의 광경들을 연출할 수 있었다.

수련생들끼리 등을 박차고 높이 뛰어올라서 도끼를 내려찍는가 하면, 동료를 집어서 던지기까지 했다.

정신 차리지 못할 무자비한 공격!

싸움을 워낙 즐기다 보니 검치와 수련생들의 실력은 어마어마하게 늘었다.

쉽게 잡기 힘든 보스급 몬스터를 사냥하기 위해 꾸리는 공격대에서도 대환영을 받을 수 있을 정도의 실력자들이 즐비하였으니 유령들은 나오자마자 소멸될 운명.

유령을 해치우던 수련생들이 씩 웃었다.

"나는 앞으로 훨씬 더 강해질 거야. 그래서 검둘치 사범님과 스승님처럼 예쁜 여자 친구를 만들고 말 것이다. 사나이가 되어서 이 정도 역경 따위 이겨 내지 못할까."

"유령들아, 덤벼라. 너희가 계속 나타나 줘야 내가 여자 친구를 만든다. 암, 엄마가 결혼하라고 난리인데, 내년에는 손녀를 안겨 줘야 된다."

"아자아자! 사형제들이여, 모두 힘을 냅시다. 놈들이 많지만 모두 사냥하면 여자를 만날 수 있을 것입니다."

쫓기기라도 하듯이 땅을 파고 전투를 펼치는 수련생들.

그 모습을 지켜보면 메이런은 손으로 이마를 감쌌다.

"근데 여자를 만나는 것과 강해지는 게 무슨 상관이 있죠?"

제피도 동감이라는 듯이 대꾸했다.

"여자를 만나려면 자고로 클럽이나 나이트를 가야 되는데 말입니다."

이리엔이 조심스럽게 말했다.

"큰 소리로 이야기하지 마세요. 저번에 로뮤나가 나이트가 본 적 있으시냐고 물어본 적이 있었는데……."

"뭐라고 대답했는데요?"

"나이트 입구에서 들어갈까 말까 망설이고 있는데 건장한 직원들이 먼저 다가왔대요."

"그리고요?"

"아무 말도 안 했는데 돈을 주면서 먹고살게 도와 달라고 했대요."

"……."

"으흠."

더 이상 할 말이 없었다.

모든 것을 강함으로 이겨 내 온 검치와 사범들, 수련생들. 그러니 검으로 어떻게든 해 보겠다는 그 의지를 어떻게 말릴 것인가.

실제로 큰 전쟁이 벌어졌을 때마다 우연인지 수련생들 중에서 여자 친구들이 생기는 경우가 벌어졌다.

'아하, 강해야 되는구나! 역시 남자는 힘이지.'

'우린 로열 로드에서는 너무 약했지? 그러니까 여자 친구가 없었던 거야.'

그 결과 수련생들은 이처럼 무시무시한 착각을 하게 된 것이다.

팔로스 제국의 보물들은 캐내어져서 마판 상회를 통해 처리하기로 했다.

세월의 흐름에 따라 녹슬고 부서진 물품들이 대부분이라 골동품의 가치가 높았다.

검과 갑옷, 그 외의 병장기는 다시 대장장이의 손을 거치고 나면 원래의 가치를 어느 정도는 회복할 수 있으리라.

양탄자와 가죽옷은 모두 버려야 될 테지만 어쩔 수 없는 일이었다.

마판의 입이 보물들을 보고 찢어질 듯이 벌어진 것으로 가치를 짐작할 수 있었다.

"이렇게 많은 보물을 발굴하시다니 대단합니다. 그러면 제가 왕창 삥을… 아니, 적당한 마진을 남기고 처분한 후에 알려 드리도록 하겠습니다."

호수 아래에 묻혀 있던 팔로스 제국의 보물들은 거의 전부 캐내었다. 나중에는 땅의 정령사가 와서 밑에 묻혀 있는 물품 따윈 없다고 확인했으니 정확할 것이다.

그 무렵 위드가 중앙 대륙에서 대활약을 하고 있다는 소식이 들렸다.

헤르메스 길드의 소굴에서 용감무쌍하게 활약을 하니 온통 대중의 주목을 받았다. 방송국에서 매일 위드의 영상들이 중계될 정도였다.

헤르메스 길드의 횡포에 반감을 가진 시청자들의 환호의 열기도 대단하였으며, 반란군과 저항군도 더욱 들불처럼 일어난다고 했다.

그 사실을 알게 된 검치 들은 격하게 분노했다.

"이놈이… 우린 여기서 땅이나 파고 유령이나 잡고 있었는데 지 혼자서 멋진 역할을 하다니!"

"삼치 사범님, 막내가 이렇게 야비한 녀석인 줄은 몰랐습니다."

"믿을 놈 하나 없습니다."

위드의 멋진 승전보.

검치 들에게는 예쁜 여자 친구도 있으면서 더한 욕심을 부리는 것으로밖에는 보이지 않았다.

그때, 검이백십칠치가 모라타의 벽에 그려져 있는 낙서들을 발견했다.

위드 님 사랑해요.

꺄아, 위드 님한테 시집가고파!

절 데려가세요, 전쟁의 신 위드 님.

검삼치가 화를 버럭 냈다.

"이럴 수는 없다!"

"맞습니다. 가만히 있어서는 안 됩니다."

"막내가 다 해치우기 전에 당장 움직여야 한다."

검치와 검둘치는 시큰둥했다.

"무슨 그런 일을 가지고……."

"착각도 다 한때지요. 막상 여자 친구가 생기고 나면 인연과 상대방에 대한 마음이 중요하다는 걸 알게 될 텐데요."

"남자는 아무리 나이를 먹어도 어린애가 아니겠느냐."

"스승님, 제가 알아 놓은 맛있는 식당이나 가시죠."

"음, 그렇게 할까?"

하지만 검삼치를 비롯하여 아직 여자로부터 인기가 없는 사나이들은 몸이 달았다.

"바로 하벤 제국을 침략하자!"

"전투야말로 우리가 가장 잘하는 것입니다. 그 활약의 기회를 뺏기는 건 터무니없는 일이죠."

검삼치를 비롯한 수련생들은 다시 하벤 제국의 북부 점령
지를 공격하기로 했다.

물론 페일과 이리엔 일행은 휴식을 취할 겨를도 없이 자연
적으로 따라오게 되었다. 팔로스 제국 보물을 발굴하는 데
정말 큰 도움을 준 검삼치가 같이 가겠냐고 묻는데 감히 거
절할 수가 없었던 것이다.

페일이 조심스럽게 물었다.

"작전이 어떻게 됩니까?"

하벤 제국의 북부 점령군.

넓은 지역을 통치해야 하기 때문에 군대는 분산되어 있을
것이다.

지역에 대한 정보를 확실하게 가지고 있었으니 치고 빠질
구석이 없진 않았다.

검삼치가 미리 다 생각해 놓았다는 듯이 대답했다.

"공격이다."

"네?"

"공격해서 이긴다."

뒤통수를 후려치는 듯한 충격에, 페일은 눈을 질끈 감았다
가 떴다. 검삼치의 성격을 알기 때문에 혹시나 하면서도 질
문했다.

"그게 전부겠죠?"

"응. 왜, 뭐가 부족해?"

"그 외에 여러 가지 보급이나 적군의 움직임을 파악한 침투 경로와 퇴각로 확보, 유인책과 같은 전략 전술을 미리 준비해야 하지 않을까요."

"쯧쯧."

검삼치가 어리석다는 듯이 페일을 보았다.

"전투란 말이다."

"……?"

"그런 거 없다. 먼저 강하게 때리고 잘 치고 빠지면 된다. 여기서 무엇보다 중요한 건 이기려는 의지지. 맞아도 쓰러지지 않으면 이기는 거다."

단순 무식한 결론!

그렇지만 검삼치의 전투적인 재능은 하벤 제국의 북부 영토를 공략하면서 드러났다.

검삼치와 수련생들은 정공법을 고집하지 않았다.

새로 건축된 성의 정문을 고지식하게 두들기지 않고 기병을 운용했다.

무예인은 모든 무기를 다룰 수 있다.

개인으로서 무기를 다 쓸 수 있다는 점도 엄청난 강점이었다.

경기병으로서 들판을 가로지르면서 하벤 제국군의 병사들이 있는 주둔지를 격파했다.

토벌군이 진압을 하기 위해 나오면 조인족들과 협력했다.

하벤 제국이 자랑하는 꿰뚫는창 기사단이라고 하여도 하늘을 날아다니는 조인족들을 잡을 수는 없었다.

새들을 타고 화살을 쏘는 검치 들.

유저들은 버드 나이트라고 부르면서 우러러봤다.

그리고 며칠 후, 하벤 제국의 북부 점령 지역에는 수만에 달하는 버드 나이트들이 뜨기 시작했다.

검치 들의 활약을 본 북부 유저들이 참지 못하고 하벤 제국 공격에 대대적으로 나선 것이다.

흑기사의 운명

"외롭진 않군. 나를 위해서 싸워 주는 사람이 이렇게 많다니 말이야."

위드는 하벤 제국에서의 사냥에 더욱 열을 올렸다.

드래곤 라투아스의 레어에 가야 할 날이 20일도 남지 않았으니 더욱 바빴다.

"세상이 어떻게 변할지 모르니까 먼저 확실하게 강해져야 돼."

헤르메스 길드 유저들을 처리하면 경험치를 얻고 전투 공적을 세우기에 좋다. 하지만 그에만 매달리기에는 위험부담이 컸다.

위드가 어디든 등장하기만 하면 벌 떼처럼 모여들었으니

정작 던전 사냥에는 집중할 수가 없었다.

던전을 격파할 때마다 얻는 스텟 등을 쌓아 가면서 활약을 펼쳤다.

방송국에 전투 영상을 팔아먹는 것은 물론이었다.

"생각을 바꾸면 돈이 돼. 헤르메스 길드가 강하고 나쁜 놈들이니까 내가 더 돈을 버는 것 같군."

위드가 헤르메스 길드를 습격해도 시청자들은 열광하고, 그들이 차지하고 있는 위험한 던전들을 격파해도 열렬히 환호했다.

위드의 전투 영상은 평범한 것들이라고 해도, 헤르메스 길드 유저들이 언제 튀어나올지 모르기 때문에 박진감이 있었다.

서윤과 조각 생명체들과의 협력 플레이 역시 손발이 완벽하게 맞아떨어진다.

숨이 가쁠 정도로 빠른 이동과 격파!

방송 관계자들은 전쟁의 신 위드의 재림이라면서 침을 튀기며 이야기했고, 시청자들의 찬사가 이어졌다.

어디까지나 헤르메스 길드가 철저하게 악역을 맡아 주고 있기 때문에 가능한 평판이다.

만약 그들이 없었다면 아르펜 왕국의 발전 속도는 지금보다 확실히 느려졌을 것이다.

초보자들이 굳이 발전도가 뒤떨어지는 북부 대륙에서 시

작할 이유가 없었으며, 왕국을 위해서 위대한 건축물이나 왕성을 짓는 데 협력하지 않아도 된다.

상인들이 위험을 무릅쓰고 북부 대륙을 바쁘게 돌아다니는 이유도 헤르메스 길드의 위협이 심각하기에 노력을 하는 것이었다.

"틈새시장은 어디에나 있다니까. 나중에는 어찌 될지 몰라도 지금은 실속을 챙기기에 훌륭하군."

레벨이 441이 되었을 때, 위드는 조각 생명체를 하나 더 만들기로 했다.

사막의 대제왕 시절이었을 때 만든, 프레야 교단의 사제 알베론의 짝퉁 알베른과 알베런.

위드와 서윤, 조각 생명체들이 활약을 하기 위해서는 언제든 전속 사제가 있는 편이 좋았던 것이다.

"프레야 교단은 알베론의 도움을 받을 수가 있으니까, 이번에 만들 조각 생명체는 다른 교단으로 해야 해."

프레야 교단은 땅을 정화하거나 곡식에 축복을 내릴 수 있다. 사람에게 축복을 하면 아름다움을 높일 수도 있었다.

전투적으로만 보면 바탈리나 아트록의 교단이 쓸모가 많다. 하지만 루의 교단 역시 사람들 사이에 널리 퍼져 있었다. 태양을 상징하기 때문에 주민들도 루의 교단을 많이 지지했다.

"재료로는 뭘 써야 할까."

위드가 그렇게 고민을 할 때 금인이가 다가왔다.

"골골골, 이걸 써라, 주인."

"은 덩어리?"

"열심히 모았다, 골골골!"

위드가 있거나 없거나 금인이가 사냥을 하면서 부지런히 모은 은 덩어리들!

금인이는 누렁이나 와이번, 빙룡 할 것 없이 모두와 친했지만 자신의 짝을 찾고 싶었던 것이다.

'부부라… 나쁠 것 없겠지. 부부를 함께 부려 먹는 거야. 애라도 낳으면 대대로 부하로 써먹을 수 있겠지. 잠깐만, 이 녀석들이 낳으면 금이나 은이야. 한마디로 황금을 낳는 부부!'

위드는 머리통을 후려치는 듯한 커다란 충격에 휩싸였다.

'이 생각을 진작 하지 못했다니. 얼마나 아둔하고 착해 빠지게 세상을 살아왔단 말인가.'

뼈저린 후회!

"걱정 마라. 내가 정말 착하면서 참하고 현명한 아가씨를 만들어 주겠다."

"미녀가 좋다, 골골골."

"……."

남자들이란 국가와 종족을 떠나서 공통된 여성 취향을 가지고 있었다.

위드는 화로에 은 덩어리들을 전부 녹였다.

은의 경우에는 녹여서 불순물을 완벽하게 제거하는 정제 작업이 필요하다. 순도 99.999%의 은이야말로 거래 가치가 높은 상품인 것이다.

'나중에 팔아먹을 일이 있을지도 모르니. 앞으로의 일은 누구도 모르는 거 아니겠어.'

조각 생명체들의 인기는 실로 대단했다.

부하로서 함께 가는 것도 좋지만, 훗날 재벌이라도 떡하니 나타나서 몇십 억을 주겠다고 하면 인간적인 갈등이 생기리라.

'돈이 많아 보이는데… 한 1억 정도만 더 불러도 될까? 아니면 고맙습니다 하면서 바로 팔아 버릴까!'

잠재적인 조각 생명체 매매범!

형틀을 만들어서 완전히 녹은 순도 높은 은을 부었다.

금인이의 경우도 있었고 대장장이 스킬을 통해 조각 생명체를 만든 경험이 많아서 문제는 없었다.

위드는 금인이의 바람대로 미녀의 형틀을 만들었다.

'외모는 세련된 서구적인 느낌이 좋겠지. 얼굴은 동유럽의 미녀형으로. 음, 동양과 서양의 미를 한꺼번에 갖추고 있어야 해. 그리고 체형은 글래머다.'

남자들이 원하는 궁극의 이상형.

10대 남자들은 주로 여자의 얼굴을 보고 좋아하고, 20대가 되면 몸매도 본다. 그 이후의 남자들은 아무리 나이를 먹더라도 얼굴과 몸매를 계속 보았다.

'너무 화려하지 않고 착실한 인상도 가지고는 있어야 해. 그래야 잘 부려 먹지.'

착하고 예쁜 동유럽 미녀의 느낌!

위드는 서윤을 통해서 미녀를 조각하는 데 탁월한 기술을 갖추고 있었다.

"눈동자는 사파이어가 좋겠군."

"골골골. 찬성이다."

눈에는 푸른 보석을 박았다.

마침 헤르메스 길드 유저들을 습격하고 얻은 큼지막한 보석이 있었다.

"엄청난 돈이 들었군. 본전을 뽑을 수 있어야 될 텐데."

–만드신 조각품의 이름을 정해 주십시오.

"루의 교단 여자 사제."

–루의 교단 여자 사제가 맞습니까?

"맞아."

곧이곧대로 정직하기 짝이 없는 이름.

바로 생명을 부여할 것이기에 무엇이든 상관이 없는 이름이기도 했다.

걸작! 루의 교단 여자 사제상을 완성하셨습니다.

순수하고 고귀한 은으로 만든 조각상.
완전히 정제된 은의 가치는 성스러움을 자아낸다!
찬사가 나올 정도의 미의 결정체.
베르사 대륙의 시인들은 이야기할 것입니다.
"오로지 아름다움이야말로 신이 인간에게 허락한 완전무결한 것이리라."
조각상에는 태양신 루의 특별한 축복이 부여되었습니다.
불과 화로를 관장하는 헤스티아의 은총이 부여되었습니다.

예술적 가치 : 3,194.
특수 옵션 : 루의 교단 여자 사제상을 본 이들은 생명력과 마나 회복 속도
　　　　　가 하루 동안 30% 증가한다.
　　　　　사제들의 축복과 치료 스킬이 밤이 오기 전까지 2단계씩 높아
　　　　　진다.
　　　　　루의 교단과 헤스티아 교단의 사제는 이 조각상을 통해 신앙
　　　　　스텟을 영구적으로 5 획득 가능.
　　　　　신앙 스텟 50 상승.
　　　　　전 스텟 12 상승.
　　　　　상인들의 회계 스킬이 1단계 오름.
　　　　　모험가들의 미술품 감정 스킬이 1단계 오름.
　　　　　생명력의 최대치, 방어 스킬, 마법 저항력 증가.

다른 조각품과 중복 적용되지 않음.
지금까지 완성한 걸작의 숫자 : 143

-조각술 스킬의 숙련도가 향상되었습니다.

-손재주 스킬의 숙련도가 향상되었습니다.

-명성이 630 올랐습니다.

"크음, 아깝군."

예술적 가치나 올려 주는 스텟들이 훌륭했다.

충분히 명작의 반열에 오를 수도 있었을 텐데 고작 걸작이
었다.

물론 조각사에게 걸작도 흔치 않은 대단한 작품인 것은 맞
다. 그렇지만 위드처럼 조각술 마스터를 앞두고 있다 보면
욕심이 달라지기 마련.

"역시 콧날을 더 높였어야 했는데. 눈에도 앞트임을 해 주
었어야 했어."

위드가 지금이라도 조금 손을 볼까 고민하고 있을 때였다.

띠링!

"으음, 이건 나쁘지 않군."

초보자들 중에는 사제나 성기사가 아닌 한 신앙 스텟은

쌓기도 어렵고 쓸모도 없는 줄 아는 유저들이 많았다. 위드도 처음에는 신앙 스탯이 전혀 쓸모가 없는 쓰레기인 줄 알았다.

그러나 곧 파고의 왕관을 찾기 위하여 진혈의 뱀파이어들과 싸울 때 성기사들과 사제들이 존중을 해 주어서 그들을 지휘하기가 아주 쉬워졌다.

신앙 스탯이 600을 넘고 나서부터는 방어력과 회복력이 증가했다.

사제로부터 축복과 치료 마법을 받았을 때에 효과가 높아졌으며, 흑마법을 막거나 리치로 변신했을 때 쌓이는 죽은 자의 힘도 견뎌 낼 수 있었다.

딱히 구체적인 전투 능력은 아니더라도 두루두루 긍정적인 영향을 주었다.

"후후후, 금인아, 어떠냐."

"……."

"금인아?"

위드가 옆을 돌아보니 금인이가 침을 질질 흘리고 있었다.

아마도 마음에 드는 모양.

"금인아, 좋지?"

"예쁘…다."

"후후후, 그렇다면 실력을 좀 발휘해 볼까. 조각품에 생명 부여!"

-조각품에 생명을 부여하셨습니다.
조각품의 능력은 현재 설정된 예술 스텟 3,377에 따라 522로 변환됩니다.
신앙심을 바탕으로 특수한 기적을 발휘할 수 있기에 페널티로 인하여 25%의 레벨이 감소합니다.
레벨은 417로 조정됩니다.

생명체에 네 가지의 속성이 부여됩니다.
조각품의 모양과 수준에 따라 부여되는 속성의 수준과 능력치가 다릅니다.
금속의 속성(100%), 신앙의 속성(100%), 비전의 속성(100%), 부활의 속성(100%).
금속의 표면은 많은 마법을 무시할 수 있습니다.
순수한 은의 재질은 물리적인 방어력은 뛰어나지 않지만 마법 저항력에 대해서는 탁월합니다.
고귀한 신앙심은 어떤 유혹에도 흔들리지 않으며 신성 마법을 발휘할 때에 때때로 특별한 기적을 선사합니다.
비전의 속성은 숨겨지거나 잘 보이지 않는 것들을 볼 수 있게 해 줍니다.
부활의 속성은 스스로의 몸에 절대적인 신성 마법이 부여되어 1회에 한하여 목숨을 잃더라도 되살아나게 됩니다.
마나가 262 사용되었습니다.
스킬의 효율이 증가해서 생명을 부여할 때 소모되는 레벨과 스텟의 양이 20% 감소합니다.
예술 스텟이 6, 영구적으로 줄어듭니다. 줄어든 스텟은 조각품이나 다른 예술과 관련된 활동을 통해 보충할 수 있습니다.
레벨이 2 하락합니다. 레벨 하락에 따라서 보유하고 있는 스텟이 10 줄어듭니다. 줄어든 스텟은 레벨을 올리게 되면 다시 부여할 수 있습니다.
생명이 부여된 조각품을 소중히 다루어 주십시오. 목숨을 잃으면 다시 생명을 부여해야 합니다.
완전히 파괴되었을 경우에는 되살릴 수 없습니다.

순은으로 만들어진 조각품이 태양처럼 환하게 빛이 났다.
시간이 지남에 따라 점점 빛이 사그라지면서 드러난 것은 자연스럽고 은은한 광채를 가진 미녀의 모습.

위드가 조각한 그대로의 외모를 가지고 있었다.

조각 생명체가 꾀꼬리처럼 고운 목소리로 말했다.

"주인님. 저의 이름을 정해 주세요."

위드는 대부분의 조각품을 남성형을 기본으로 했다.

하이 엘프 엘틴이나 여자 검사 빈덱스, 여전사 게르니카는 지골라스에서 다른 조각사들의 작품에 생명을 부여해서 만든 것이다.

직접 빚어냈으니 아무래도 곱게 기른 예쁜 딸을 보는 느낌이었다.

"넌 은으로 만들었으니까, 은덩이……."

위드는 이름을 정해 주려다가 멈칫했다.

약간이나마 딸 같은 기분이 들기도 했으니 대충 지어 줄 수는 없었다.

곰곰이 생각하다가 여자 같은 느낌도 들면서 나름 예쁜 이름을 떠올렸다.

"은, 은, 은… 은숙이로 하자."

"알겠습니다. 앞으로 저를 은숙이라고 불러 주세요."

위드는 배낭에서 루의 교단 사제복과 모자를 꺼내서 주었다. 꼭 맞추기라도 한 듯이 은숙이와는 완벽하게 어울렸다.

금인이가 쑥쓰러운 듯이 뒷머리를 긁으며 다가갔다.

"내 이름은 금인이다, 끌끌끌."

"그런데요?"

"앞으로 나와 잘 지내보자. 넌 내 아내니까 어디든 같이 다니자, 골골골."

은숙이가 고개를 갸웃했다.

"아내요?"

"평생 같이 사는 거다. 골골골."

"저는 신을 모시는 사제예요. 결혼은 생각해 본 적이 없답니다."

그 말에 금인이는 정신적으로 큰 충격을 받았지만, 위드역시 마찬가지였다.

"이럴 수가! 나의 황금 양계장 계획이……."

드래곤 라투아스의 레어 방문일까지 남은 날짜 19일.

헤르메스 길드도 계속 당하고만 있을 만큼 바보들은 아니었다.

"위드가 이번에는 이쪽 지역에 출몰할 수 있다."

"포르모스 성 부근에는 유명한 던전들이 많으니 계속 나타날 가능성이 높을 것이다."

"이동 거리. 이동 거리가 중요해! 와이번을 타고 다음에 나타날 만한 지역들을 확인해 보자."

헤르메스 길드의 유저들은 중앙 대륙의 안정화 작업에 대거 투입되었다.

영주이거나 기사, 제국의 녹을 먹고 있는 이들이라면 치안 확보에 대한 퀘스트가 발생하였다. 반란군 처벌, 토벌군 창설, 치안을 몇 이상으로 높이라는 퀘스트들이 생겨나서 그쪽에 관심이 많았다.

하지만 헤르메스 길드에서 큰 영향력이 없거나 직위를 차지하고 있지 않은 유저들은 위드를 사냥할 목적으로 자발적으로도 움직였다.

그들만 하더라도 1,000명은 족히 넘었으며, 위드의 목에는 묵직한 현상금도 걸렸다.

　-누구든 위드를 없애면 7천만 골드를 지급한다. 또한 대도시의 영주 자리를 줄 것이다.

"위드라면 개인적인 감정은 없지만……."

"위드의 목을 들고 헤르메스 길드에 가입을 하면 좋은 대우를 받겠군."

베르사 대륙에서 실력이 뛰어난 자들이라면 누구든 목숨을 노릴 수 있는 상황이 되었다.

지금까지는 헤르메스 길드를 싫어하는 유저들의 은근한 지원을 받을 수가 있었지만, 이제는 던전에서 만나더라도 방심할 수 없었다.

위드는 잡을 수 있는 물고기가 늘었다고 생각했다.

"언제까지 사람들이 날 좋아해 줄 거라 생각하진 않았어. 사실 모두가 날 싫어하는 것이 훨씬 어울리지. 이유 따윈 필요 없어. 이놈의 인생은 쭉 그래 왔으니까."

만나는 이들은 대부분 적으로 생각하는 쪽이 마음이 편하다.

전쟁의 신으로서 쌓는 불패의 전적은 이 정도는 되어야 가치가 있을 테니까.

위드가 마법의 대륙에서 도저히 건드릴 수 없는 존재가 되었던 것은 뽑기로 우연히 얻어걸린 것은 당연히 아니었다.

"덤비면 모두 죽인다. 그것은 덤비게끔 유도할 수 있다는 의미."

위기가 커질수록 활동 반경은 오히려 넓어졌다.

위드는 조각 변신술을 써서 유명한 퀘스트를 받은 후에 던전으로 들어갔다.

그리고 불과 10분 후.

―이올리니 던전의 숨겨진 보석을 회수하였습니다.
퀘스트 '빼앗긴 보석'을 완료했습니다.
행운이 4 증가하였습니다.

누군가에 의해 이미 공략이 끝난 퀘스트였지만 몬스터들

을 아예 무시하고 들어가서 최단시간 완수의 기록을 세웠다.

위드는 던전 입구로 돌아가서 소년에게 보석을 보여 주었
다.

"보석을 찾아 주셨군요. 저는 또 잃어버릴지도 모르니 앞
으로도 그냥 가져 주세요. 제게는 그런 보석이 아주 많이 있
으니까요."

"벌써 퀘스트 완료?"

입구에 있던 유저들이 이상하다는 눈길을 보냈다.

"누구야? 난 얼굴에 칼자국이 있는 유저는 아는 사람이 없
는데."

"이 근방에서 활동하던 사람은 아닌 것 같은데."

유저들이 궁금해하는데 위드가 갑자기 정색을 하며 로브를
뒤집어썼다. 그리고 주변을 돌아본 후에 빠르게 걸어갔다.

"흠, 바쁜 일이 있어서 그럼……."

유저들은 위드의 복장을 샅샅이 훑었다.

로열 로드를 하면서 늘어나는 게 있다면 눈썰미다. 특히
사냥에 대한 지식이 쌓일수록 다른 사람이 착용하고 있는 장
비들은 자연스럽게 잘 알아보게 된다.

"평범한 복장인데. 레벨과는 어울리지 않아. 오히려 더 의
심스러워."

"설마 저 부츠는……."

창공의 부츠!

태양과 구름이 그려져 있는 부츠.

헤르메스 길드의 적색곤약이라는 유저가 소유하고 있는 물건으로 유명했다.

장거리를 여행할수록 이동속도를 늘려 주고 마법 저항력을 높여 주었다. 게다가 명예와 기품 스텟을 70개 이상 높여 주는 유니크 아이템.

방송에도 서너 번 나왔던 것인데, 최근에 그 유저가 위드에게 목숨을 잃으며 강탈당했다는 소문이 돌았다.

유저들끼리 눈길이 마주쳤다.

'위드다.'

'위드가 아니더라도… 저 부츠는 갖고 싶다.'

던전 입구에는 20명 정도의 사람들이 모여 있었다.

이름이 붉은색으로 표시된 살인자들도 간간이 눈에 띄었다.

중앙 대륙에서 살인자라는 낙인은 큰 흠이 아니다. 능력이나 인맥만 충분하다면 어디서든 당당해질 수 있다.

같이 파티 사냥을 자주 했던 유저들이 눈빛을 교환하더니 함께 고개를 끄덕였다.

"죽입시다."

"뒷감당도 필요 없을 것 같은데, 다른 사람들이 알아보기 전에 처리를 하지요."

"놈이 진짜 위드라면요?"

"그렇게 강해 보이진 않는데… 우리가 먼저 기습을 하면 되겠지만 승부를 알 수 없게 될 테니 일은 확실한 게 좋겠지요. 만일도 대비를 해 봅시다. 제 지인들에게 알리고, 헤르메스 길드에도 보고를 하겠습니다."

위드로 의심받기만 해도 그의 목에 걸려 있는 현상금을 감안하면 일단 먼저 척살할 가치가 있다.

"방향을 보면 시슬레 성 쪽으로 가는 것 같은데."

"바로 갑시다. 조심스럽게 따라가다가 확실하면 덮칩시다."

그들은 위드가 지나간 길을 급하게 따라갔다.

순식간에 동료들과 현상금 사냥꾼들이 합류하며 100명 이상의 규모를 이루었다.

"헤르메스 길드는요?"

"오고 있답니다."

추격자들은 기세등등해졌다.

동료들이 많이 모이고 나니 상대가 위드이더라도 무슨 상관이겠냐 싶었다.

만약 위드라면 오히려 더 횡재였다.

"쫓아갑시다!"

그때 추격자들을 향해 날아오는 화살 세례!

정확하게 살인자들만 노려서 먼저 화살이 날아왔다.

일반 유저들은 먼저 공격을 해 오면 정당방위가 성립된다.

악명을 낮출 수만 있다면 일반 유저 몇 명 정도는 제거하더라도 당장은 살인자 상태에 빠지지 않을 수 있었다.

"커억, 진짜 위드다!"

위드는 추격자들을 여유롭게 사냥했다.

장거리에서는 화살만큼 확실한 공격 수단도 드물었다.

상대방 중에 마법사가 몇 명이나 있는지는 모르지만 말을 타고 달려오는 도중에 화살을 쏠 순 없을 것이다.

"위드를 잡아라!"

추격자들이 피해를 무릅쓰고 달려오니 그들을 약 올리기라도 하듯이 위드는 대기하고 있던 누렁이에 탔다.

"다중 화살, 속사!"

달리는 방향과 속도는 전적으로 누렁이에게 맡겼다.

누렁이를 거꾸로 타고 빠르게 도주하면서 화살을 쐈다.

콰과광! 쾅쾅!

조각 파괴술로 힘에 몰아넣은 예술 스텟이 토해 내는 경이로운 파괴력.

화살에 적중당한 유저들이 수십 미터씩 날아가고, 땅은 마치 공성 병기라도 떨어진 듯이 움푹 파였다.

기사, 전사, 워리어 같은 직업들은 던전 내에서는 월등한 전투력을 과시했다. 하지만 이렇게 넓은 평원에서 상대방의 이동속도를 잡지 못한다면 스스로 찾아온 제물에 불과하다.

차려진 제사상.

배달된 치킨과도 같은 신세.

직업의 상성을 적극 이용하여 숫자적인 우위를 무용지물로 만들어 버리는 위드!

> -살인자가 되었습니다.
> 악명이 543 증가합니다.

> -대량 학살로 살인마가 되었습니다.
> 악명이 2,394 늘었습니다.

> -끔찍한 살인마!
> 당신은 이 근방에서 보기 드문 살인마입니다.
> 악명이 4,998까지 한꺼번에 높아집니다.

헤르메스 길드 유저들만 상대할 때는 살인자 상태에 빠지지 않았지만, 현상금 사냥꾼들까지 처리하자니 어쩔 수 없었다.

위드는 추격자들을 화살로 제압했다.

절반 정도는 달아났지만 그들을 해치우기보다는 먼저 해야 할 일이 있었다.

"과연 쏠쏠하군."

전리품을 수거하는 일.

막대한 전리품은 그대로 누렁이의 등짐이 되었다.

"룰루루. 아직 일당 하려면 멀었으니 가자, 누렁아."

위드는 콧노래를 부르면서 다른 곳으로 이동했다.

물론 그의 행적은 생존자들에 의해서 그대로 전해지게 되리라.

베르사 대륙에서 수많은 유저들이 거미줄 같은 인맥을 통해서 이 자리에서 벌어진 사건에 대해 듣고 있을 것이다.

위드는 마법의 대륙 시절을 떠올리면서 빙긋 웃었다.

그때는 거의 모든 유저들이 자신을 죽이려고 했다.

만인을 향한 사투!

체력을 회복할 곳이 없어서 도시보다는 던전에서 휴식을 취해야 했으며, 그러다가 몬스터들과도 거래를 했다.

몇 가지 장비들을 착용한 채로 몬스터 마을에 가서 집을 얻고 물품을 사고팔거나 했다.

적들이 사방에서 조여 오는 이런 느낌은 정말 오랜만이었다.

등줄기가 오싹해질수록 생겨나는 긴장감과 집중력.

그래도 마법의 대륙 시절에 비한다면 아직까지는 무게감이 덜하다.

막 엄마 손을 잡고 유치원에 입학 신청을 하러 간 어린아이 수준이었다.

"이제부터 조금 더 재미있어지겠군."

바드레이는 헤르메스 길드의 정보대로부터 올라오는 정세 보고를 들었다.

네스트의 발자귀 부족 독립 선언
그라디안의 내전 지역 확대. 주민들 반란군 지지 선언
수베인의 총독부 약탈과 방화
아이데른의 반란군 규모 40만 돌파

하벤 제국의 중앙 영토에는 도시마다 저항군과 반란군이 들끓었다.

이에 헤르메스 길드에서는 치안 안정화 작업을 벌이고 있었고, 반란군과의 전투는 대부분 압도적으로 승리했다.

그렇기에 반란의 불길도 점점 억지로 가라앉아 가고 있었다.

띠링!

그때 바드레이에게 새로운 메시지 창이 떴다.

황제의 불안감

흑기사인 당신은 나약한 귀족들과 무지한 왕들을 물리치고 대제국을 건국하여 지엄한 황제의 자리에 올랐다.

그대는 탐욕의 결과를 성공적으로 이루어 내어 다시없을 권력과 보물, 군대의 주인이 되었다.
욕망은 달성되었지만 그대는 누구도 믿지 못한다.
"저놈 역시 나의 자리를 노리고 있을 것이다."
부하들은 그대처럼 언제든 배신할 수 있는 존재.
잠깐 쓰다가 버려야 할 대상에 불과하다.
기사 나에트.
칼라모르 왕국 출신으로 일찍이 그대에게 충성의 맹약을 한 자를 주의하라.
그는 분명히 다른 마음을 품고 있을 것이다.
그를 처단한다면 아마도… 지금의 이 불안감은 해소될 수 있겠지?

난이도 : 황제 한정 퀘스트
퀘스트 제한 : 흑기사 출신의 황제.
　　　　　　열흘 이내 기사 나에트의 사망.
보상 : 인내, 지력, 카리스마 스텟이 영구적으로 4씩 증가.
주의.
퀘스트를 거부하게 되면 전투 능력이 열흘 동안 2% 감소하게 됩니다.
기사 나에트를 어떤 방법으로든 처형하게 되면 전투 능력이 열흘 동안 1%
늘어나게 됩니다.

"황제 한정 퀘스트?"

바드레이는 주위를 둘러보았다.

그가 사냥터로 삼고 있는 던전 깊은 곳.

몬스터들이 주기적으로 나타나지만 익숙한 사냥터였다.

스스로의 전투 기술을 발달시키기 위해 이 자리에는 친위
대조차도 데리고 오지 않았다.

'이 퀘스트를 받아들여야 할까?'

바드레이는 영구적인 스텟 증가가 마음에 들었다.

기사 나에트.

어디선가 들어 보기는 했다.

'황실 기사였던가. 크게 비중이 있는 자는 아니었는데.'

하벤 제국에는 NPC 기사들이 많이 있었다.

바드레이 직속의 기사들만 해도 수천 명에 달하고, 일반 영주들까지 확대하면 숫자를 가늠하기 어려울 정도다.

헤르메스 길드에서 임명한 영주들은 주기적으로 일정한 수의 기사들과 병사들을 황궁에 바쳐야 한다. 그들 중에서 1명의 목숨을 없앤다고 해도 제국의 국력에는 조금의 흔적도 남지 않는다.

'전쟁터에서 매일 기사들이 죽어 나가고 강해진다. 황실 기사라고 해 봐야 별 필요가 없지. 영구적으로 스텟을 늘리려면 사냥터에서도 업적을 제법 달성해야 하는데.'

바드레이는 스텟에 목이 말랐다.

헤르메스 길드를 대표하고, 베르사 대륙의 최강자 자리를 유지하기 위해 사냥터를 전전한다. 스텟을 조금이라도 높이면 앞으로도 레벨을 올리기가 한결 쉬워질 것이다.

바드레이가 작게 속삭였다.

"나에트는 죽은 목숨이다."

-퀘스트를 수락하셨습니다.

황궁 기사 나에트의 목숨을 거두는 일은 정말 쉬웠다.

　보스급 몬스터 사냥을 한다며 황궁 기사 100명을 불러들이고 명령을 내렸다.

　"나에트, 놈을 막고 시간을 끌어라."

　"옛!"

　무리한 명령.

　바드레이와 다른 기사들이 도와주기는 했지만 몬스터의 정면에 있던 나에트는 허무할 정도로 간단히 죽었다.

　사냥 중에 기사 몇 명이 죽는 것은 흔한 일이고, 또한 바드레이가 목숨을 잃지 않는 것이 중요하기에 희생도 용납된다.

　하벤 제국의 황제이며 헤르메스 길드를 대표하는 자, 그의 스킬 숙련도나 레벨이 감소하는 건 큰일이었기 때문이다.

　길드에서도 비일비재하게 벌어지는 일이기에 어떤 의심도 품지 않았다.

> -퀘스트를 완수하셨습니다.
> 　인내, 지력, 카리스마 스텟이 영구적으로 4씩 증가합니다.
> 　전투 능력이 열흘 동안 높아집니다.

　'괜찮군.'

　바드레이는 미소를 지었다.

　제국에 흔적도 남지 않을 정도의 약간의 손실로 이익을 얻었다.

그리고 딱 하루 후였다.

새로운 퀘스트가 생성되었다.

띠링!

방심하지 말자

제국 내에 반란군이 출몰하고 있다.

황실 내에서 그 불온한 씨가 싹을 틔우고 있을 테지.

기사 나에트의 죽음으로 반란 세력은 조금 움츠러들었겠지만 곧 반격을 해올 것이다.

늦기 전에 경계해야 한다.

본보기로 삼기 위해 황궁 기사 10명 정도는 목을 쳐야 하겠지.

내가 쌓아 올린 모든 것을 잃어버리기 전에…….

난이도 : 황제 한정 퀘스트

퀘스트 제한 : 흑기사 출신의 황제.

보상 : 모든 스텟이 2씩 증가.

'역시. 이런 식의 연계 퀘스트로 이어지는군.'

바드레이는 갈등했다.

전 스텟 증가는 욕심이 나는 것도 사실이었지만 이러다 보면 어디까지 가게 될지 몰랐다.

'흑기사의 특성인 모양인데. 여기서 그만두어 버릴까? 황제 한정 퀘스트라면 아무도 모를 텐데.'

퀘스트는 받아들였다.

특정인의 목숨을 빼앗아야 하는 게 아닌 이상, 정상적으로 사냥을 하다가도 10명 정도는 죽을 수 있기 때문이었다.

그리고 사흘 만에 저절로 퀘스트 완수!

그다음으로는 '반란군의 음모 획책'이라는 퀘스트가 발생했다.

귀족 2명을 포함한 100여 명의 기사들의 목숨을 빼앗으라는 퀘스트.

모든 스탯들을 무려 5개나 높여 주었으며, 레벨 1개를 보상으로 준다고 한다.

'엄청나군. 내 수준에서 레벨 1개를 올리기란 쉽지 않은데.'

바드레이는 부하들의 죽음에 대해 무관심한 편이다.

헤르메스 길드의 총수, 대제국을 다스리는 입장에서 부하들이란 끝없이 생성되는 자원과도 같았다.

그들을 잘 이용해서 이익을 취하는 것 역시 성장법의 일부이다.

'대가가 크니 이번 퀘스트까지는 받아들이자. 문제는 이런 식의 연계 퀘스트에 대한 정보는 누구와도 상의하기가 어렵다는 점인데.'

퀘스트가 어딘가 갈수록 불안한 점이 있었다.

라페이에게 상의하고 정보대를 활용한다면 퀘스트의 가치에 대해 보다 명확하게 알 수 있겠지만, 그러자면 잠재적인 불이익도 감수해야 한다.

흑기사의 직업의 단점, 하벤 제국의 반란, 치안 악화가 황제인 바드레이의 탓이라는 주장이 나올 수도 있다.

장기적으로 볼 때 제국의 치안 확립과 발전에 좋은 다른 직업을 황제로 임명하자는 말이 생길 것이다.

　'헤르메스 길드를 분열시킬 필요는 없지. 별것도 아닌 일에 잠재적인 경쟁자들에게 명분을 주어서는 안 된다.'

　바드레이는 스스로 생각하고 결정을 내렸다.

　'퀘스트는 받아들이기로 한다.'

　하벤 제국에 미미한 피해가 있더라도 자신의 레벨이 높아진다면 감수할 가치가 있었다.

　가만히 내버려 두더라도 반란군으로 인하여 크고 작은 피해를 입고 있으니, 사람들에게 알려지지만 않는다면 스스로의 강함을 위해서 지불할 수 있는 희생이었다.

　그리고 그 후에 또 다른 퀘스트가 발생했다.

반란 세력의 확인

애쉬톤 성의 치안은 높게 유지되고 있다. 주민들도 황제인 나를 칭송하는 소리가 자자하다.

하지만 무능한 경비대가 모르는 사이에 성에는 반란 세력이 잠입해 있겠지?

그들이 배신을 하기 전에 먼저 쳐야 하리라.

아마 현재보다 치안을 7% 이상 낮춘다면…… 그들은 드러나게 되겠지.

난이도 : 황제 한정 퀘스트

퀘스트 제한 : 흑기사 출신의 황제.

보상 : 모든 스텟이 5씩 증가.

　　　15일간 경험치 획득과 스킬 숙련도가 35% 추가로 증가함.

'조금 달라졌군. 그러나 보상이 마음에 드는 건 여전하다.'

바드레이는 퀘스트를 받아들인 후에 애쉬톤 성의 치안을 낮출 방법을 생각해 봤다.

기사들의 목숨을 거두는 일이 아니다 보니 방법에 대해서도 고려를 해야 했다.

'그곳의 영주에게 직접 말을 할까? 내 명령이면 들을 것이다. 하지만 직접적으로 말하면 보고를 할 수도 있는데.'

라페이나 다른 헤르메스 길드의 유저들이 모르는 사이에 처리를 해야 하리라.

'포기해야 할까.'

바드레이는 사냥을 하면서도 애쉬톤 성의 생각이 자꾸 났다.

하벤 제국을 좀먹는 일이라는 판단은 스스로도 하고 있었다. 하지만 그렇더라도 빠르게 강해질 수 있다면!

베르사 대륙에서 독보적인 강함만 가지고 있다면 해결되지 않을 일이란 없다. 남들이 알지도 못하는 애쉬톤 성 따위야 무슨 상관이겠는가.

'사람들은 결국 강자에게 열광한다.'

바드레이는 황궁 기사들을 데리고 애쉬톤 성 근처의 유명던전으로 사냥을 갔다.

던전 사냥을 핑계로 하여 애쉬톤 성의 군사력을 대거 지원받았다.

애쉬톤 성의 영주는 통치보다는 헤르메스 길드 내의 인맥을 우선하였기에 치안은 신경도 쓰지 않았다. 바드레이의 사냥에 동참시켜 주는 것만으로도 대단히 감격했다.

바드레이가 짐짓 말했다.

"영주님, 반란군이 일어날 텐데요."

"허허, 그까짓 놈들, 토벌해 버리면 되지요. 바드레이 님께서 걱정하실 일이 전혀 아닙니다."

"그래도 미안한 마음이 들어서요."

"일일이 주민 충성도 따위를 신경 쓰다가는 영주로서 아무것도 못합니다."

영주는 조금도 걱정거리가 없었다.

설혹 반란군 때문에 영주성을 빼앗기더라도 바드레이만 있다면 몇십 배의 이익을 얻을 수 있으니까.

반란 세력의 확인 완료

애쉬톤 성의 반란 세력이 드디어 모습을 드러내었다. 비록 요리사와 하녀, 집사처럼 미약한 존재들이라고 할지라도…….

그들을 남겨 둔다면, 독버섯처럼 자라나서 언젠가 내 자리를 위협하고 말겠지.

정신을 바짝 차려야 한다.

잠시도 쉴 틈이 없다. 황제의 위엄을 세우기 위해서는 뼈저린 공포를 심어 줘야 하리라.

퀘스트 보상으로 모든 스텟들이 5씩 증가합니다.

15일간 스킬 숙련도와 경험치가 빠르게 증가합니다.

그다음으로 등장한 퀘스트는 애쉬톤 성의 반란 세력 토벌.

바드레이는 던전 사냥을 마치고 말했다.

"기사를 몇 명 보내서 영토 내의 반란군 퇴치를 도와 드리겠습니다."

"아닙니다. 어떻게 그런 심려를 끼치게 해 드리겠습니까."

"이것도 인연이라고 할 수 있지요."

"그렇게까지 말씀하신다면 고맙게 받아들여야겠습니다."

반란군이 변변한 수준도 아니었기에 황궁 기사들은 그날 밤에 말끔하게 처리를 했다.

아직 누가 신경을 쓸 만큼 대단한 일이 아니었다.

황궁 기사들은 NPC로 이루어져 있지만, 제국과 황제를 향한 충성심이 남달랐다. 어떤 명령이라도 기꺼이 수행하는 기사들에게 그 정도의 일은 간단하고 단순한 것이었다.

애쉬톤 성의 영주도 NPC 몇 명이 반란군으로 몰려서 목숨을 잃은 것을 알았지만 항의할 생각은 전혀 하지 않았다.

'황궁 기사들이 반란군을 처리하다 보면 그럴 수도 있지. 바드레이 님한테 NPC 몇 명같이 사사로운 일로 따질 수야……'

영주의 입장에서는 이야깃거리가 될 만한 큰 손해가 생기면 더 이득이었다. 바드레이는 수백 배로도 갚아 줄 수 있는 사람이었기 때문이다.

반란 세력의 퇴치 완료

황제인 나의 통치에 반하는 자들을 살려 두어서는 안 된다.
그림자 속에 숨어 있는 그들을 뿌리째로 뽑아내야 하리라.

퀘스트 보상으로 명예가 16 증가하였습니다.
투지가 7만큼 높아졌습니다.
완벽한 수행으로 인하여 육체와 마음에 평온이 찾아옵니다. 일주일간 전투
능력이 7% 높아집니다.

바드레이는 흑기사 퀘스트들을 완수하며 끊임없이 강해지
고 있었다.

TO BE CONTINUED

ROK
MEDIA

올반 백작
Olvan Count

김주일 퓨전 판타지 장편소설

밑바닥부터 세상을 바꾸기 위한 불꽃 튀는 혁명(?)
다시없을 괴팍한 영주, '올반 백작'의 신新 영지운영기!

초능력자란 이유로 평범하지 못한 삶을 살던 강석
국어 교사가 되어 시골에서 늙어 죽는 게 소원이던 그가
느닷없이 이계, 그것도 정복 황제 앞으로 불려오고
황제의 꾀주머니로 오랜 전쟁을 반년 만에 끝내자마자…… 버림받다?

"몬스터만 득시글대는 이 황무지에서
욕구 불만 시켜먼 사내놈들과 도대체 뭘 어쩌라고?"

명목상의 백작 작위에 이름뿐인 영지
툭하면 무시되는 인권에, 가장 끔찍한 건 최악의 위생 상태!
결국, 강석은 숨겨 왔던 초능력까지 동원해 반전을 꾀하는데……

세상의 눈을 피해 숨기만 하던 외톨이
먹고살기 바쁜 '이계생활형' 초능력자로 거듭나다!

꿈의 도약, 로크에서 하십시오
(주)로크미디어에서 신인 작가를 모십니다

즐거운 세상, 로크미디어는 꿈을 사랑하고 도전을 두려워하지 않는 작가 분들의 참신한 작품을 기다리고 있습니다. 21세기 장르 문학계를 이끌어 갈 차세대 선두 주자 (주)로크미디어에서 여러분의 나래를 활짝 펴 보시길 바랍니다.

모집 분야 판타지와 무협을 포함한 장르 문학
모집 대상 아마추어 작가, 인터넷 작가
모집 기한 수시 모집
작품 접수 시 유의 사항
1. 파일명은 작가명_작품명.hwp형식을 갖춰 주십시오.
1. 파일에 들어갈 내용은 다음과 같습니다.
    - 성명(필명인 경우 실명을 밝혀 주세요), 연락처, 이메일 주소.
    - 제목, 기획 의도.
    - A4용지 1장 분량의 등장인물 소개.
    - A4용지 2장 분량의 전체 줄거리.
    - 본문.
1. 작품이 인터넷에 연재되고 있다면, 게시판명과 사이트의 구체적이고 정확한 주소를 기재해 주십시오.

선택된 작품은 정식 계약 후 출판물로 간행되어 전국 서점에 유통됩니다.
작가 분은 (주)로크미디어의 전폭적인 지원하에 전속 작가로 활동하시게 됩니다.
※ 자세한 내용은 로크미디어 홈페이지(rokmedia.com)를 참조하세요.

(140 - 133)서울시 용산구 원효로97길 46 진여원빌딩 5층
(주)로크미디어 편집부 신간 기획 담당자 앞
전화 : 02 - 3273 - 5135
www.rokmedia.com   이메일 : rokmedia@empas.com

기갑천마

거짓이슬 퓨전 판타지 장편소설

종말을 막지 못한 절대자
복수의 기회를 얻다!

무림을 침략한 마수와의 운명을 건 쟁투
그 마지막 싸움에서 눈감은 무림의 천하제일인, 천휘
종말을 앞둔 중원이 아닌 새로운 세상에서 눈을 뜨는데……

"천휘든 단테든, 본좌는 본좌이니라."

이제는 백월신교의 마지막 교주가 아닌 평민 훈련병, 단테
그럼에도 오로지 마수의 숨통을 끊기 위해
절대자의 일 보를 다시금 내딛다!

에이스 기갑 파일럿 단테
마도 공학의 결정체, 나이트 프레임에 올라
마수들을 처단하고 세상을 구원하라!